INK INK INK INK INK INK
INK INK INK INK INK
INK INK INK INK INK INK
INK INK INK INK INK
INK INK INK INK INK INK
INK INK INK INK INK
INK INK INK INK INK INK
INK INK INK INK INK
INK INK INK INK INK INK
INK INK INK INK INK
INK INK INK INK INK INK
INK INK INK INK INK
INK INK INK INK INK INK
INK INK INK INK INK
INK INK INK INK INK INK
INK INK INK INK INK
INK INK INK INK INK INK
INK INK INK INK INK
INK INK INK INK INK INK
INK INK INK INK INK
INK INK INK INK INK INK
INK INK INK INK INK
INK INK INK INK INK INK
INK INK INK INK INK

INK INK INK INK INK INK
INK INK INK INK INK
INK INK INK INK INK INK
INK INK INK INK INK
INK INK INK INK INK INK
INK INK INK INK INK
INK INK INK INK INK INK
INK INK INK INK INK
INK INK INK INK INK INK
INK INK INK INK INK
INK INK INK INK INK INK
INK INK INK INK INK
INK INK INK INK INK INK
INK INK INK INK INK
INK INK INK INK INK INK
INK INK INK INK INK
INK INK INK INK INK INK
INK INK INK INK INK
INK INK INK INK INK INK
INK INK INK INK INK
INK INK INK INK INK INK
INK INK INK INK INK
INK INK INK INK INK INK

INK

文學叢書

186

孤獨，凌駕於一切

艾雯◎著

目錄

輯二　藝術步入生活

輯一

忘憂草

孤獨，凌駕於一切

是一朵流浪的雲，

抑是一片飄泊的浮萍？

你原不屬於這個城，但似乎前幾個月曾見到你，前些日子也見到你，而今天，風雨中又是你。

我很願意是一朵游騁天空，無羈無絆的雲。我也恍惚有浮萍的感覺。但我祇是個會思想的，兩腳黏附於地層的動物，沒有那一片曠闊藍天讓我自在飄遊，更沒有那一泓盈盈綠水供我悠然盪漾。

從那個鳳凰木花蔭蔽的小鎮，我一次又一次來到這號稱杜鵑花城的城市。

祇是，當我來時，鳳凰花早就凋謝，而這兒的杜鵑花也總不是開的時候。白天，看到的是忙碌的人羣，擁擠的車輛，晚上看到的是燈光燦燦，滿眼繁華。

難道你來就爲看這些？

其實什麼都是過眼煙雲，看與不看又有什麼區別！

你彷彿是爲逃避什麼而來？

慚愧我是一個這樣拙於化粧的人，竟讓憂煩著色於蒼白的臉頰。但任何人都會厭倦死水一般沉滯的生活，都會憎嫌那些終日侵蝕性靈的瑣事，都會煩膩於狹隘的感情上的糾紛。縱使能逃避一時，又焉能逃避一世？

你是在尋求什麼嗎？

人誰又不在尋求？眞理、信仰、愛情、幸福、財富、權勢、名利、榮譽、寧靜、安全、欲望的滿足、生命的保障，以及心所嚮往的、曾經擁有又失落的、遺忘的……多謝關心，但何不先問問自己，又在尋求什麼？

哦，那你一定是個拓荒者，來開拓夢境抑是現實？

我一直都在努力嘗試開拓自己精神的領域，開拓自己性靈的沃土，開拓自己智慧的礦藏，開拓生活上更深廣的面與積。慚恧的是，我微薄的能力，總難以超越傳統的境界。

不要，請不要問是什麼，爲什麼。思考太多，我已枯竭；憂煩太多，我已麻木；冰封太久，我已凍結；隱匿太久，我已迷失。

當太陽在這個陌生的城市升起，我渴慕呼吸到新鮮的氣息，見識到不同的景象，當我置身在完全陌生的人羣中，我要肯定自我的存在；那麼完全眞實的自我，僅限於我自己的自我，不是生活的奴隸、感情的俘虜、習慣的犧牲者。

在陌生的城市眞妙，沒有一樣熟悉的事物，會觸景感懷，起膩惹厭。在陌生的人羣中多好！與任何人沒有牽連和關聯，不是離羣索居，自然形成的孤獨；不是處身親屬間不爲人瞭解的孤獨；我是我自己，我的孤獨是超絕的，是凌駕一切的。我可以獨自佇立駕空的天橋，俯瞰底下芸芸眾生，接近我的是星空，是穹蒼，螻蟻似的人羣祇在我腳下穿梭來往。我可以廁身鬧市，有如來自天際的外星人，觀察人類的形形色色，不沾一絲感情，欣賞人間的浮華富貴，不動半點凡心。

我的行動自由，一如風在林隙，蜂在花叢，循著腳步，東西南北也不問它方向，車票打一個洞，任憑一個起站到一個終點。每一個指示標對我是個未知數，每一條錯綜的道路街巷對我都是未經探勘的港灣。我昂首穿過無數高樓巨廈林立的道路，看蒼空怎樣被啃嚙成參差不齊的一線天。我輕輕地踩過數不清的紅磚道，唯恐磨平了雕刻細緻的花紋。驕陽下，我攀上連雲的階梯，祇為瞻仰人們頂禮膜拜的神；冷雨中，我趕去幽寂的山陬，祇為欣賞羣花賽美。有時我忘記了年齡身分，當我躋身在純眞的孩子堆中，與他們和那些馴良可愛的動物盤桓半日。有時我是一條渺小而傻氣的書蠹，當我鑽進那巍峨的藏書大樓，當我迷失在一家又一家書店裡。有時我也盛裝打扮，走進燈紅酒綠的歌廳、夜總會，看人怎樣展示自己，炫耀自己來娛樂別人。或直上高入雲霄的摘星樓，卻俯視滿地流動的隕星。有時我也穿著入時，滲入滿街遊蕩的人羣，溜進琳琅滿目的百貨公司，看物質怎樣奴役人，欲望又怎樣支配人。更多時我卻便衣舊履，或一身輕裝，到處逍遙。我徜徉在路旁列隊待檢閱的舊書攤畔，搜搜尋尋，蹲下站起，自晝光中逗留到燈火點點。別人遺棄的也許便是心目中的珍蹟，久別重逢的斷章殘頁不啻是無價之寶。保留著那點逸情暇致，我躑躅在長長的畫廊，寬敞的展覽場所，丹青和油彩引領我進入另一個美而玄的境界。懷著那份思古幽情，我叩訪了壯麗偉大的歷史博物館，恍惚時光倒流，不知是我退回到幾千年以前，抑是古人求精求美、忠於藝術的精神就活在今天。在莊穆的祠堂裡，我彷彿重溫一遍可歌可泣的史蹟，肅然默然，向不朽的英靈獻致最虔誠的敬意。在潺潺的淡水岸畔，我試將憂傷付諸東流。但不知它可載負得起如許鄉愁？在漫長的午後，我會披一身悠閒，踏進一座座咖啡館，燈光朦朧，音樂低柔，那一股醇香中，且啜三分之一的情調與氣氛，啜三分之一的遐思，留著那引起回憶的三分之一，是一枚可以攜走的七彩火柴盒。而夜晚，撇下大千世界於燈影闌珊裡，我會悄悄佇立在噴水池前，凝眸於五光十色的噴灑與四溢。那樣晶瑩透澈，卻是閃爍不停，那樣多采多姿，卻是靜靜寂寂。波光虹影中，我也許兀自捕捉些童年的幻夢，掇拾些青春的狂想，也許使心神俱浸沉在迷離幻境，渾不知人皆歸去，夜已深靜……

在人羣中我自覺清醒，在闠鬧中我自求平靜。沒有人認識我，沒有人知道我。我獨來獨往，我自由來去。我便是我，僅限於我自我，不屬於別人，不屬於萬物，更不屬於上帝或魔鬼。我的孤獨，超越塵囂俗世，凌駕於一切！

別，請別儘問我回不回那鳳凰花蔭蔽的小鎮，因爲那兒等待我的永遠祇有寂寞與沉滯。

別，請別儘問我留不留在這無花的杜鵑城。因爲這兒又太囂浮，而且，廣廈三千未必有我棲身之處。

既然是一輩子注定要黏附在地層，又何妨暫充流浪的雲。

既然寄生在瘠地也可以生存，又何妨暫作飄泊的浮萍？

因此，我來了又去，去了又來，

風雨中，我獨自躑躅又躑躅。

一九七一・一・十一

真好，燈那麼亮！

如果缺少了聚散不停的雲，天空便不像天空。

如果缺少了疊瓦架牆的房屋，城鎮便不像城鎮。

如果缺少了橫行直闖、川流不息的公共汽車，市區便不像市區。

從清晨到黃昏，從白晝到夜晚，那共隆共隆低吼著的鐵甲大怪物，把東區的居民運送到西區工作，把南邊的居民運送到北邊上學。把四鄉的居民載進城，又把城裡的居民載送去郊外。一路不停地卸下又裝載，裝載又卸下，誰又知道，誰又曾計算過，每一個小時，每一個日子，有多少人之流，經這兒流轉，經這兒泛溢，然後像一滴滴水珠，又各自滲入波濤壯闊的人海。

是別人還是你說的，城是個無花的杜鵑城，社會是個高度工業化的社會。人們在盲目的追求中，終日為財勞碌，認為時間便是金錢，分秒必爭。是你還是別人說的：這兒的人在物質享受上是儘量豐富——自然，豐富並不是指滿足。而在精神生活上永遠患著貧血，更不懂何謂悠閒……相反的，雖然我的財富祇是我的悠閒，有時卻也覺得他們非常慷慨——至少比我這個擁有最多閒暇的人還顯得不在乎，那就是把分秒必爭的時間，都大量花費在公車的等待中。

人原都活在等待中，等待成功，等待和平，等待愛情，等待作樂，等待休息，等待回家。祇不過這比較落形跡罷了。看那伶伶仃仃的圓牌旁邊，那狹隘的鐵棚底下，那風雨無遮的路畔，排著隊、列成行，老與少，男與女，全不相識的人卻被一根無形的繩子像魚一般串疊起來；一個個在烈日下喘息，在冷風裡瑟縮，在雨中躲躲閃閃，卻都伸長頸子，頻頻探望。如果所有熱切盼望著的眼光能融合成一股電力，那電力準能發動一輛車子；如果所有迫切等待的心情能匯聚成一支水流，那水流準能航行一條載客的船。而那橫行直闖的鐵甲怪物，卻始終從容不迫，姍姍來遲，眞個是千呼萬喚始露面。

但當我稍微熟悉她的芳蹤，當我漸漸了解她的行動，竟連我也成爲排列在路邊恭候大駕的一員，成爲被裝載又被卸下的人物。我學會了一面瀏覽觀望，一面耐心等候，我學會了大家都不紳士淑女時，我也不惜爭先恐後一番。學不會的是吊腕，總嫌柔弱無力，車一動，的溜溜一個旋轉，就像是枚大陀螺。祇有一上車就眼快手快抓牢根穩固的柱子，不管多少力量擁擠，就黏著不再挪動。

沒有比這更便宜的旅程了。祇要花費一份報紙的代價，祇要在薄薄的卡片上打一個洞，便由著你從起站到達終站。可以好整以暇的乘畢全程，也可以隨心所欲在任何中途站下來。車外展開的是大千世界，車廂內形形色色，正好是芸芸眾生的縮影，一個社會的切片。

我喜歡看早晨的乘客，清晨的乘客都顯得比較和藹可親。一個個精神振作，容光煥發，有似晴朗無雲的晨空。也有猶自帶著昨夜夢醒後的惺忪，恍若尚未消散的晨霧。唇角淺淺舒展，彷彿在說：又是一天開始，多好！眼中閃爍光采，顯示出愉快的心情要把握這一天。上車時，魚貫而行，彬彬有禮，好教養才促成好秩序。但黃昏前後的乘客卻全走了樣；像光澤的料子縮過水，蓬勃的樹木萎頓了。勾著頭，彎著腰，嘴角搭拉著，油汗浸漬的臉上露出黃黃的皮膚，深深的皺紋，和毫不掩飾的焦灼與不耐。公車尚未停穩，便不顧老幼，一擁而上。對每一個搶在自己前面的人都懷著敵意，不小心碰一下，不是換來怒眉豎目的瞪視，便是恨恨的一瞥。也許人還是早晨那些人，祇不過疲倦和飢餓已剝除了教養的外衣，剩下原始的本性而已。在晚上，看那些被睏意鎮壓得瞌睡朦朧的夜歸人，隨著車的律動低眉垂眼，點頭晃腦，好一副睡態可掬模樣，忽然間卻竄跳起來，慌慌張張衝下車去。而在另一個角隅，一對暢遊回去的年輕情侶，卻正偎依著享受這最後甜蜜的旅程哩。

這個城是個大城，這兒的居民更是忙人。若要看個朋友，時地上似乎必須經過一番縝密安排，然而，在車廂中，有時常常令人覺得世界忽然縮小了，小得：「眾地裡尋他千百遍，一轉臉卻在人頭擠攘中。」驀地裡腦後一聲驚喜的：「××，是你呀！」原來是故人重逢，於是忙不迭大聲交換著彼此的動態和家人近況，一如在客廳寒暄。突然間頭頂猛喝一句：「這下可逮到你了！」

以為刑警抓扒手，不想竟是債主狹路相見。咄咄逼人的催討聲中，相信那一位的臉不會比豬肝遜色。這邊「哎喲」失聲，是一位裝束入時的小姐重心不穩，嬌軀正好跌坐在一位土老兒的懷中。那兒拉拉扯扯，一位女士匆匆下車，鈎花毛衣卻多情地套住了一位紳士的西裝鈕扣，越是迫切越是糾纏不清。有時坐落在兩者之間，右邊兩位正眉飛色舞地講著自摸清一色，雙龍抱聽和。左邊兩位起勁地討論著楊麗花和史艷文，身歷聲外加國台語雙聲帶，祇怨造物造人時怎不在耳朵上添二個蓋子，穿插在紛亂中，卻也時常默默地進行一些動人的鏡頭；當一位英挺的軍人站起來恭謹地扶一位老人坐下，當一個青年學生悄悄地讓座給一位快做媽媽的婦女，當一隻手無聲地伸過來，牽那個抱著父親的腿打轉的孩子坐在自己膝上，你會覺得這社會究竟還是溫暖的，人與人之間到處流露著尊敬與關懷。

是一個陰霾欲雨的黃昏，我倦遊歸來，搭上一輛最擁擠的車，彷彿自己並不曾舉步，就騰雲駕霧般上了梯子，那樣半倚半立，一腳懸空地斜嵌在車掌小姐的寶座旁邊。充滿炭酸氣的車廂內還有人在爭爭吵吵，罐頭沙丁魚的譬喻並不太合適，至少魚是沉默不語的。車又靠站，抗議聲中還擠上來兩個穿制服的女孩子，矮小的一個勉強貼在長人脅下，另外一個才跨上第一級階梯，迎面就被一個巨大的書包當胸撞一個踉蹌，接著頭又碰上一隻支撐成三角的手肘，好不容易站穩了，可是摺疊的車門卻又一次二次敲著她的背關不攏來。我不由得替她難受，可憐的孩子，搭個車竟要受這樣的折騰。若在家嬌養慣的，怕不要惱得流眼淚。

車開了，女孩子才抬起頭來，竟是那樣澄清明澈的眼光，純真而平靜的臉上更沒有一絲懊傷的痕跡。她望望離頭頂不到二尺的日光燈，輕柔地、由衷地發出讚美：「眞好，燈那麼亮！」於是，低下短髮拂頰的頭，靜靜地凝眸於執在手中的書本上。

一瞬間，我忽然覺得所有的喧譁紛亂都平靜下去，所有擁擠的人羣都已隱退，所有的壓力都已消失。而那盞小小的日光燈，燈下那清澈的眼睛和純淨的臉龐，卻擴展成一幅光和美的圖畫，多麼高貴的情操，多麼可愛的聲音！那樣小小年紀，便能在嘈雜的環境中，保持心的寧靜，更能從醜惡中去發現最美的，又是多麼難能的修養！

直到終站下車，我腦際始終保有那幅燈下少女的圖畫，我耳畔一直縈繞著那輕柔可愛的聲音！

眞好，燈那麼亮！

一九七一・一・廿六

那個摘星之夜

也不知是妳還是別人告訴過我，而使我受惑於那個名字。

那個名字是美麗的，詩意的，富於想像和神祕，令人依稀記起童稚的幻夢，年輕時的憧憬，以及長長一串屬於夜的遐思。

因此，這引起我的嚮往，如同我曾嚮往於那一切美好的，新奇的，可愛的……

想像中，屬於那名字的地方一定遠離塵囂，高臨城市上空，給人御風而去的感受。

想像中，屬於那名字的所在，必定是羣星閃熠於頭頂，抬頭可數，伸手可攀。

想像中，屬於那名字的處所，必然是瓊樓玉宇高處不勝寒——多謝，多謝妳款待了我的想像。在那個應該有星月的晚上，泛車於霓虹燈七彩的光海中，光之海沒有波濤，祇讓人迷眩。光之海兩岸綿延。停泊處是那高矗的懸崖。

登上層樓，更上層樓。輕疾上昇的電梯應是雲朵，變幻迷離的燈影應是彩霧，奔放激盪的旋律應是仙樂。踩遍曲折迴廊，穿過帷幕重重，仰首瞻望，放眼四顧：天花板下那幾簇卻不是繁星，倒像寺院裡倒插的香火；明晃晃的大玻璃窗也不是廣袤的天空，接觸不到天籟，感覺不到獷獮的天風，祇有冷氣像一匹冰冷的裹屍布，冷冷將人纏裹——星星尚在密封的屋頂上，星星尚在嚴扃的玻璃窗外。

款待飢腸以盛宴，款待空虛以書籍，款待寂寞以友誼。款待想像，最好仍是想像。留著想像，可以嚮往，可以憧憬……

一個名字並不代表眞實，如同一個姓名並不代表所屬的人。

面對著冰冷透澈的玻璃，面對著窗外的夜，窗下的十丈軟紅塵。縱使不見星星，半空也有閃爍不停的燈亮，地下更有川流不息的燈光。夜是不黑的夜，城是不夜的城。

我居高俯瞰地下那川流不息的車燈。路顯得那麼狹，車行駛得那麼慢，祇見一道紅光，一道黃光，左右交錯緩緩移動，一路迤邐引伸。

爲什麼是一道紅的，一道黃的？

因爲一邊是來，一邊是去。

是紅的來，黃的去；抑是黃的來，紅的去？

來也是去，去也是來。

來與去，去與來，原是重重複複，永遠循環不已。

人生嘛，就消磨在來去之間。

我睨視前面，半空中那閃爍不停的是報時鐘。冷傲地對著你一眨再一亮，時間就在你面前奪走了一分。

時光原是無限的，永恆的，而是人自己發明了鐘錶在記錄，又讓自己活在記錄中。

報時燈不住的一眨再一亮，彷彿「的嗒」有金屬聲：

的嗒，這是你青春容顏的×分之幾。

的嗒，這是你大好年華的×分之幾。

的嗒，這是你有爲生命的×分之幾……

的嗒聲不停，數目字變更又變更，令人怵然心驚，我不能忍受就在我坐著的時候，就在我面前，被活生生地減短生命的旅程，被剝削生存的權利，被褫奪人生的職責……我迴避躲閃，燈光卻總冷酷地縈繞我左右。

我舉目向上，窗外的天空仍是一片昏黯空茫。我極目搜索，渴望能看到星星，不管是最亮的星、微弱的星，哪怕祇是小小一顆孤寂的星……不是都市的天空沒有星，而是太擠的房屋，太高的樓頂，太亮的燈，遮奪了清輝！

人是多麼矛盾的動物，居住在鄉鎮，居住在山陬海邊，祇要推開窗子，羣星儘展延在眼前，祇要開門出去，繁星儘散佈於頭頂，祇是，多半被人忽略了，冷落了。居住在都市，居住在鬧城，人們在狹窄的天空看不到一顆星，卻偏偏架高樓，緣天梯，誇耀著，吹噓著，矜詡著，妄想要摘星星。

也許，它所代表的是一種欲望，一種企求，一種意念。

也許，人們所渴慕的是另一種光采，另一種榮耀，另一種昇華。

妳相信有願望之星麼？

不以相信擁戴，也不以懷疑否定，凡是予人以美好的善念的，就該容許它留在美好的善念中。

妳可曾願望做天上明亮的星？

設若要成爲天上明亮的星，本身必須能不斷發射光輝，照耀萬物，照耀眾生。自慚微弱的光和熱，尚不足以照臨自己走的路程。

妳可曾願望摘下天上最亮的星？

天上最亮的星，人間最大的榮耀。祇是，當今早已不是那摘星的年少。

但妳說妳嚮往，妳憧憬……

緣因當生命越來越陷入沉濁的塵俗，靈魂便越來越渴望清高的星辰，想像中，樓高，不應該是更接近所渴望的麼？

噢，我不曾懷過想像來這裡，我總是滿懷涵蘊著回憶——當年在公務冗繁中，在酬酢頻仍下，我們常愛抽暇來此靜坐片刻，也許祇是隨意交談，也許祇是深深默契，卻覺得心靈交流，情意融貫，彷彿這世界僅屬於我倆……任何時候重臨此地，他仍和我在一起。

我深知妳口中的他——那位仁慈忠厚的長者。他的道德風采，最令後人景仰不已，不朽的愛情，是不滅的星，照亮在妳心中，我尊敬那堅貞不渝的情操，肅然默然，不再談星星。

那奔放的旋律已漸漸降成輕柔的節奏，如清溪嗚咽流過幽邃的叢林。

那放肆笑唱的青年已收斂鋒芒，化做低聲細語，一雙雙鴿兒般偎依在一起。

十丈紅塵裡，依然是交錯來去著一道黃，一道紅，祇是彷彿若斷若續，稀疏遲緩。

報時燈一眨又一亮，數著青春，數著年少，數著遲暮和白頭，祇是冷傲中透著淒涼。

但一如夜的空氣，我的思想愈顯澄澈。

一如夜的安謐，我的心情益見寧靜。

一如夜的空曠，我的胸襟越加開朗。

抖一抖衣衫，又降落塵寰，歸途中，兜一衣兜闌珊的星子：那不過是將熄未熄的萬家燈火，是守著冷落長街的路燈。

我並不失望於想像被欺矇。因爲我益加堅信，我益加肯定，不論在何時何地，黑暗中自有一顆清澈的星，悄悄照臨，那是無比崇高、無比美妙的智慧之星！

（友人宴於「摘星樓」）一九七一・三・十一

去看花的日子

幾番霖雨，幾番潤澤，
捎來了花開的消息，
帶來了花放的訊號，
噢！是自然在召喚；召喚在生活中困瘁的心靈，召喚在塵囂中蒙泯的心靈，召喚在名利中迷失的心靈，召喚在困頓中沮喪的心靈……
能不怦然心動？能不悠然嚮往？能不神馳夢遊？
近不近？
當然不會就在眼前。

很遠麼？

天賦我們雙足，是用來作什麼的？

那麼出發罷，什麼也不用攜帶，祇問眼睛是不是清澈明亮，腿腳是不是健朗矯捷，心中是不是了無俗念。

微雨洗出一片清新的綠，深邃的綠，耀眼的綠，在那幽靜的山陬。

我的思想因接觸清新的綠而清新，我的心靈隨著綠色的閃耀而閃耀，我生命的脈息中跳躍著綠色的音符，譜出無聲的生之樂曲。

是花的守護神麼，抑是綠色的前哨？那樣莊嚴整齊的矗立兩旁，拱衛著長長的走道。大王椰是綠色王國中最英俊的長人，那樣挺拔矜傲，那樣獨具性格，卻又瀟灑溫雅，風度翩翩。我抬頭挺胸正步，祇爲欣賞它優雅的風采，長葉美妙地招展，從容地梳理著若有若無的雨絲，梳理著若隱若現的陽光，也梳平了我心底的塊壘、眉間的皺紋。

路長長地引伸在柳樹蔭影中，兩側，是芊綿的草坪，是小小的山石蓮池，是紅牆圍繞著的涼亭石墩，但沒有腳步逗留，目標是前面……前面將更空曠，前面有一片更燦爛的美景——然而，彷彿一滴滴雨水匯聚在漏斗頸端，一隻隻螞蟻擠軋在土穴洞口，人的潮流收斂合攏，身子壓縮提昇，湧進了一道窄門——爲什麼是窄門，又不是進天國——堵在面前的人牆驟然降落，驚嘆伴著讚美！好一座光彩奪目的花丘！

有紅色的燃燒，有金色的燃燒，又幾曾見過紫色的燃燒？棚頂下閃熠著紫色的光燄，揚射著紫色的暈彩，流轉著紫色的氤氳，從深沉的茄紫，光澤的葡萄紫，發亮的貝殼紫，瑩澈的水晶紫，起暈的琥珀紫，朦朧的霞紫，古瓷瓶的青紫，蝶翅的粉紫，到淡至欲無的紫，透明如水的紫。砌在一起，揉在一堆，卻濃豔得再也化不開。

化不開那濃洌的豔，化不開那擁塞的人，那屬於人的濁氣。那樣不嫌唐突，不怕冒瀆地緊挨著層層疊疊的花兒；垂手可觸，舉手可摸，仰首可嗅，俯首可親。我祇小心地屏住呼吸，惟恐薰壞了花朵，人是爲賞花來的，花豈是爲人欣賞才開得灼盛！看那侷促在棚頂下一株株端莊自恃的，一叢叢不勝嬌柔的，一朵朵矜傲不凡的，祇是冷然安然，默默無語。也許在懷念沐浴著陽光的高高山嶺，懷念涵蘊著清涼的深靜幽谷，而無睹於人類的庸俗。

濃香中，馥郁裡，我獨聞到一陣陣清雅淡遠、沁人肺腑的幽香，超越於一切，隱隱約約，飄渺悠忽，總在有意無意間縈繞鼻際。我熟悉那幽香一如熟悉故鄉泥土的芬芳，在羣芳中脫穎而出，不同俗豔的，正是我思念已久的幽蘭。秀長的葉子寂寂披垂，纖細的莖枝婷婷佇立，五六朵淡雅素淨、嬌小玲瓏的花朵，盈盈然彷彿蜻蜓點水，巍巔巔有似蛺蝶展翅，生怕一驚便離莖飛去煙霞中——（註）

不是煙霞，是那座軒敞森嚴的大廳，紅木雕花天然几上，供奉著古色古香的天青色冰紋瓷花盆，靜寂中，數朵小小的蘭花，散佈著淡雅的幽香，迴繞於畫樑壁角。是那個鵝卵石鋪砌的四方天井，一架子父親手植的松竹盆景，獨有素心蘭幽香四溢，清晨黃昏，滿院子暗香流動。任誰經過時，總不由得放慢腳步，深深呼吸。是那間窗明几淨的書房，案頭陳列著竹根雕花筆筒，蓮花座白玉水盂，紅木托座大端硯，和一瓷盆劍蘭，一房間書香、墨香、加上幽香，伴著我凝神一注，一筆一畫地臨摹文徵明的千字文……

當兜上心頭的雲霧慢慢消散，當聚攏靈台的煙霧漸漸淡去，人流浮動間，竟已隨波飄逐至窄門外。

走出了窄門，又是長長一座帳篷，是誰在露營？傲骨天生的菊花，白的白得高潔，黃的黃得尊貴，紅的紅得雍容。祇是，祇是不見了那副傲姿，沒有了那股強勁，更缺少了那份韻致。乍一眼望去，讓人以爲是彩色印製機下的成品。每盆一株，每株三朵，大小一般，高低一樣，排列得整整齊齊，就像，噢，就像是一羣規規矩矩列隊聽訓的小學生；可愛的臉上披垂著剪得一樣平板的短髮，活潑的小身軀裹在一樣笨重而沒有色彩的制服裡，矯捷的四肢木然拘束於重重規律中——人們愚昧的審美觀念，祇是斲傷生機，戕害自然之美。我把欣賞當作虐待，祇有匆匆走避。

依稀熟悉，似曾相識，是在夢魂縈繞中，抑是在無盡憶念裡？不是匠心，不是雕蟲小技，是那刻骨相思；祇憑幾塊石頭，一撮泥土，數株小樹，幾叢小草，和一些青苔，便塑造成夢中家園，念念不忘的故鄉景色，駐存在心目中的那片丘壑！

心血來潮，我又一度迷失於小小的、具體而微的盆中丘壑間——雲霧再聚攏時，雨眞的下來了，返時跟來時一般飄著濛濛細雨。我沒有撐傘，雨裡看花，沾一衣襟花香，也沾一衣襟雨絲，不是詩也是詩（濕）。

路旁，有包著花頭巾的鄉婦守住一捆樹枝叫賣——深褐色瘦細的枝梗，綴著黯綠的葉片，說是杜鵑。

這是開菊花的時候哪，還不是杜鵑開花的季節。

當杜鵑開放時，也正是百花燦爛的早春。

縱使缺少陽光也會開放，也會燦爛？

你哪！從來沒有聽說過還有缺少陽光的春天。

還有比這更美妙的交易？些許銅臭，卻換來了明朝的期盼，春天的預兆。

可是，可是，

也有屬於人的燦爛的季節麼？

那是青春。

沒聽說過有缺少陽光的春天，卻有多多少少缺少歡樂的青春。風雨過後，光輝重現。釀長長一季的憂患，長長一季的苦難，待時序更換，卻已是另一個秋季了。

不管是憂患，是歡樂，生命中已不再有青春，不再有燦爛的季節。去看花的日子，我沒有空手，就攜回這一束未著花的杜鵑罷，那是明朝的期盼，春天的預兆。

祇不知待來春花開時，人又在何處？

（士林賞花展）一九七一・四・六

註

鄭板橋頌蘭詩：此是幽貞一種花，不求聞達祇煙霧。

家在雲深不知處

你可曾聽說過那座山？
你可曾瞻禮過那座山？
你可曾朝拜過那座山？
那不是李伯大夢中的仙境——卡茲吉爾山窪，
不是小說中的理想王國——烏托邦，
也不是陶淵明筆下描寫的世外桃源，
它祇是遠離塵囂的一羣層巒疊嶂，靠它深厚堅固的基礎，默默屹立於地球上。

然而，當你一旦登臨，當你一旦叩訪，你便魂縈夢牽，念念不忘。在煩瑣的生活中，在迷失了自我時，在十分厭倦於無謂的俗務世故……彷彿亮起一道黎明的曙光，砉地通過昏沉疲痺的心靈，你會忽然想起；嗳，有這麼一個地方！

這麼一個地方，在叢山之谷，在青山之麓，迂迴又迂迴，盤旋復盤旋，山徑沿著峻峭的崖壁雕出連綿不斷的之字，有的是遒勁有力的正楷，那麼一頓，又那麼一撇，彎彎然曲折有致；有的是龍飛蛇舞的草書，筆鋒迅疾地一帶又一挑，險峻峻既陡且窄。峯迴路轉，一支細細的碧流便繞著山谷蜿蜒，小小的遊艇玩具似的飄盪在水面，艇上螻蛄似的遊人自以爲在欣賞風景，卻不知崇山密林中有人當作風景欣賞。

一個陡彎，又一個斜坡，逾山越嶺，往下是莽莽蒼蒼的幽谷，左右是蓊蓊鬱鬱的山林，頂上是清清朗朗的穹蒼。山外有山，峯上疊峯，接近莊嚴的天宇，懷著肅穆的崇敬；走向原始的鴻濛，有返璞歸眞的赤忱，忘記了上山爲探訪，竟滿懷著皈依的虔誠，摩頂放踵，待前去禮拜朝謁……

就那麼一念超越，就那麼性靈提昇，眼前卻「豁然」開朗——記得早年讀《桃花源記》「初極狹，才通人，復行數十步，豁然開朗」一段……祇覺得豁然兩字用得錚鏘有聲，有力量，也有動感。就當眞像有一雙無形的巨掌，衝著正探索行進的你面前，猛地拉開兩扇神祕的大門，讓另一番風光鮮活地呈現眼底——這一刻，正有這種感覺；從原始鴻濛又疾忽躍入現代，好空曠，好寬敞！那一大片碧綠的草坪，嵌飾著紅葉圖案，醒目地在陽光下炫耀。那斜坡上密密層層地排列著一株株洋松，毛茸茸的嫩枝細葉，欣然向上竄，儼然已有來日萬松參天的豪邁意境；平坦的道路迤邐延伸，夾道列隊竚立著整齊的幼樹，一根根挺直光滑的枝杆頂著蓬蓬的圓傘——正是當五月來臨，把南台灣渲染得豔麗無比的鳳凰木。

這可是沍寒的北部，鳳凰木也能開花麼？

回答是柔枝嫩葉輕輕搖曳，徐徐翩舞；炫耀著蓬勃的新綠，展示著無限生意——可以想像到一朝花朵盛開，如火如熾，從碧流瞻望，自山陬仰視，宛如虹彩縈繞山腰，又似朱橋貫通天際，人走在其中，又恁知有多少詩情畫意！

想像止於廣場陡立峭壁，「人間天上」四個深深鐫刻在石上的擘窠大字，權威地迎面照臨，也不嫌太誇張，不覺太自炫麼？再怎麼鑿磨拓建，總不外是叢山深壑，頑石巉巖！然而，然而，縱目四覽，低眉俯瞰，漫不經心投射出去的視線驟然遇上了強大的磁力，浮動的情緒凝結成一個大大的驚嘆號！祇聽說過雨後春筍自竹林中一夜間茁長，又幾曾聽過一座城市竟從山窪中誕生！

就在那蒼蒼鬱鬱的綠莽中，就在那高高低低的山坡上，就在那嶙嶙峋峋的岩崖下，那些顏色鮮明、型式不一的建築物，錯落林中，散置花間。有的自翠微中隱隱約約露出一株紅牆，一角藍瓦，有的在花木掩映間顯現一帶參差的白石階梯；有的峨然不羣，矗立山崖，巍巔巔直沖雲霄，有的精緻小巧，偎依溪畔，完全「小橋，流水，人家」韻味。有的牆垣連綿，氣勢不凡，儼然現代城堡；有的星羅棋佈，疏朗有致，彷彿自成村落。彎曲引伸的道路，像一條皚白的玉帶，圍繞穿梭在紅垣、白牆、赭瓦、翠叢之間。更遠更遠的山岬中，鑲著白石的溪流蜿蜒伸展向無垠……

這一切生動地、奇妙地，卻又如此靜謐地在璀璨的陽光下閃耀，在金色的霧雰裡蒸騰，在綠色的波濤中湧升，不是海市蜃樓，卡通景色。當你一步一步踏在長堤似的路上，一級一級上下由整座岩石鑿成的階梯，那迴旋的道路，那層層疊疊的石階，便將引領你進入從鴻濛開拓的新領域。

且上層樓再上層樓，誰說人祇是地面的動物？一旦登臨那沖霄而上的巨廈，你就擁有無限空間；攬白雲入懷，摘星辰盈掬，崇山峻嶺，盡在腳下。四望無際，遼闊的天宇一脈莊嚴，飄渺的嵐煙撲朔迷離，山風勁厲，眞箇是瓊樓玉宇高處不勝寒！縱使不能羽化仙去，自覺性靈提昇，超然於物外，樓頭祇小駐，人已是淨化澄澈了。

看那重重疊疊，是上天庭的白石雲梯？看那繁花扶搖而上，多麼新奇的立體花壇！然而，你發現自己卻置身在一座凌空架立的白色陽台上——每一層樓閣自成一個天地，三面浸沐著天光山色，底下濃密的樹梢隨風起伏，宛如綠色的波濤。陽台是一艘穩定的小船，黎明接受第一道曙光的洗禮，白晝融和在金色光芒裡，黃昏閃耀於絢麗的霞彩中，月夜，靜靜地盪漾在銀河內，當滿天星星在耳畔細語，更遠處那一簇密集的繁星，卻是都市的萬家燈火。塵囂已離你很遠，唯有美妙的大自然在你前後左右。

在你年輕充滿詩情時，可曾願望過一幢玲瓏可愛的白色小屋！在你背誦古人詩詞時，可曾神往過「採菊東籬下，悠然見南山」的意境？看那青山小築，可不是正揉合了夢想和憧憬！遠山在望，綠蔭匝地，清溪潺湲於門前；有在詩窗下留下一株原始林中的野棗，當夏夜棗熟清脆落地，也許給燈下構思的人增添不少靈感；有在屋角斜伸一棵楓樹，當秋霜染紅了楓葉，又不知牽惹起異鄉人多少鄉愁！

別以爲那邊湛藍湛藍的是當年女媧氏補上的天壁又墜落下來，祇是一座清澈見底的游泳池。池畔停泊著彷彿豪華遊艇的，卻是新穎美觀的超級市場。

別以爲誰在那兒架起巨形的畫架揮毫構圖，圖案似的屋脊下祇是供人們憩息加養料的所在，花團錦簇中，鮮豔的遮陽傘係一枚枚七彩大香菇，且在傘下小憩，啜下一杯鮮甜的果汁，飲下流溢的山水靈秀如芬芳的醇酒。

有這麼一個地方，你可以遨遊於峯巒間，聽鳥語松濤、山澗流泉，逍遙自在，彷彿白雲出岫。你可以徜徉在山林中，看晨曦晚霞，自然風采，返眞還璞，享受不盡閒情逸致——融現代於原始，化燦爛於純樸。山窪中的城，融合了愚公的精神，工程師的魄力，藝術家的才能，以及女性的細緻。是自然的壯麗與人類力量、智慧的結晶，一個人造的奇蹟！

我曾叩訪過那片人間的淨土，我曾探勘過那座深山中的花園，我渴望留下、留下，但又不能不離去。

歸來尋夢，夢屬雲深不知處。

（花園新城歸來）一九七二・二・十三

書香溢於路畔

瀟瀟灑灑換上一身輕鬆的褲裝，
舒舒服服穿上一雙軟底的便鞋，
隨隨便便攜帶一隻摺疊的提袋，
還有，還有閒情似浮雲出岫，暇致如山澗溢流。
哼一支無腔無聲的進行曲，我獨自悠然出發。
是去旅行麼？
可以說是一次心旅。
是去遊逛麼？

也可以說是一次神遊。

衹是一個人？

一個人才自由自在，無牽無羈。

緣因我去的地方，常令我迷失自己，忘記自我，忽視時間，流連忘返……

哪有這樣一個好去處？

那去處，屬於市區，卻不繁華，地處陋街，卻不寒傖。雖有車馬喧，心遠地自偏。

那是塵囂中的花園，一座座隱藏的花園，一眼望去，不見繁花如錦，綠草如茵。但小巧玲瓏，曲折幽邃。當思想在皚白的土壤上、黑亮的行列間散步，一路上自有星星閃閃、隱隱約約的花朵開放；有的幽幽雅雅，有的清清朗朗，有的朦朦朧朧，更有一枝獨秀，文采照人。縱使歲月悠久，終不會凋謝，儘管塵埃封積，也未曾減損光采。那是些永不枯萎的花朵——智慧之花、思想之花，一任人們隨意擷取，慢慢欣賞。

那是陸地上的河流，一道平靜無波的小溪，沒有壯闊的波濤，洶湧的狂瀾，滾滾的浪潮，祇潺湲自流，漣漪微漾，兩岸停泊著無數不縈的小舟——載滿了思想的不沉之舟，任意揀一艘乘上，便將載你浮泛於歷史的浩瀚，遨遊於知識的廣闊，泅泳於時代的湍流，盪漾於智慧的瀠洄。載浮載沉，順流而去；去探勘未知的涯岸，去開拓嶄新的港灣。

那是浮華世界另一方領域，一角供精神漫步的綠蔭，一座供性靈稍息的涼棚。你行動自由，或站、或蹲、或逗留不去，不受半點拘束；你予取予求，任意玩賞，不看任何臉色；你挑挑揀揀，東翻西摸，不必感到歉疚，沒有暗暗監視的眼睛，沒有迫切敦促的目光，更不會受到精神威脅。

告訴你，那不是名勝，不是觀光區，更不是百貨公司，祇不過是馬路旁一些不加裝潢、不用宣傳的書攤，每次北上，總是我預定造訪的行程之一。

到處是高樓大廈林立，那幾株碩果僅存的蒼勁老榕樹，綠蔭扶疏，卻也涵蘊著一份淡淡的思古幽情。所有的櫥窗店面都鬥奇爭巧，講究佈置，那簡陋的篷遮，一箱箱、一架架層層疊疊砌成的書牆，一排排、一攤攤，就地展示的書氈，還有掛在樹梢、懸在崎角的碑帖字畫，反給人一種眞實的親切感。沒有人張羅，主顧就是自己的服務員，沒有人在一旁巡邏，作老闆的也許好整以暇在凳子上裝幀脫落的書頁，也許就躺在樹下的帆布椅上，手執一卷，正自得其樂哩。

彷彿潮水隨著月亮上升，逛書攤也有其時間性，有時大貓三隻兩隻，寥寥無幾，有時一個個盲目橫行（眼看著書腳向旁邊移動），摩肩擦踵。那叼著煙斗，佩戴眼鏡的準「教」字號人物，常常捧著厚厚的原著，讓自己罰站半天。那一臉書卷氣、瀟灑不羈的作家之流，一來總是走馬看花式的瀏覽羣籍。兩鬢斑白、寬袖長袍的學究，卻一頭鑽進了碑帖字畫、斷篇殘頁堆裡。背著巨大書包的中學生，莽莽撞撞地從參考書看到文藝書，大有兼顧不暇之勢。有時趕來一個年輕人，像搶救著火物似的，胡亂挑了一大疊有關家庭建築之類的外文雜誌，大概是學室內裝飾的學生急於找補充教材。職婦兼主婦型的仕女也忙裡偷閒抽一本烹飪術或美容雜誌精讀幾頁。女孩子們圍著服裝本《十七歲》悄悄議論。也有順步經過，爲書香吸引，隨便翻一翻畫刊，念一段珍聞，看得出神，念得忘情。撞到人時祇消歉疚地一笑，但被撞的也許並未感覺；踢到腳時輕輕說聲對不起，但被踢的可能根本沒聽見。

有些書分門別類，整整齊齊排列在肥皀箱裡、白木架上，讓人一目了然，儘可以順序在自己喜歡的那一類中去逐一檢閱；有的雖然排列卻不分類，得讓眼睛作三級跳遠，而頭腦也得配合著迅速地分析反應，該摒除抑是該吸取。更有些來個新舊大拼盤，中西大雜燴，不管什麼書籍雜誌，堆在一起像一座蘊藏豐富的礦山，就等你耐心地去發掘。各人喜愛不一，也許別人視爲砂礫廢鐵，你卻偏當作翡翠玉石。也許你看成斷篇殘頁，我卻認爲是無價珍蹟。發掘本身是一種樂趣，有所收穫更是一大樂趣，翻翻尋尋是樁開心事，能尋出點眉目來更是莫大的愉快。

逛衹是爲逛，原不必抱什麼目的。這裡看看，那裡翻翻，也許一無所得，也許有意外的收穫，也許突然出現了奇蹟，也許無端地牽惹起無限思古幽情，如夢往事。

看那部古書，我似曾相識，古色古香的線裝之幀，細白柔軟的宣紙上印著濃濃的仿宋體，那不正是父親的藏書之一？檀木書櫥的門上鐫刻著松香色大篆字，拉開門，書香四溢，我衹能仰著頭羨慕地觀望，心想等長大一定要看完這許許多多藏書。但等我長大，便再也沒有機會看到那些藏書，和那一座座古雅的檀木書櫥。

看這本發黃的書，多熟悉，多親切！很久很久以前，我就擁有過那麼一冊，與書同時，我也擁有青春年華，擁有歡樂歲月，更擁有美麗家園。曾幾何時，這一切都驟然失去。如今彷彿故友重逢，我又找到這本書，同時，也卜得了收復家園的預兆。

有一次，身旁來了父女倆。那小女孩對著兒童讀物向作父親的絮絮不休……我的眼睛忽然一陣潮潤，記得小時候就喜歡跟父親去逛以古董、舊書、繡貨馳名的護龍街，古董好玩卻貴得唬人，不敢亂碰，衹有舊書不怕翻弄。一天我發現了好高一捆完整的《小朋友》，心裡渴望著想要，祇是從小就不輕易提出要求，就那麼楞楞地站在書前，父親牽我手時腳猶自釘在地上。他這才注意到我熱切的神色，立刻慷慨地買了下來，替我把那捆重甸甸的書搬上了黃包車，到家又吃力地拎過一道又一道門檻……是父親縝密的愛心，自幼啓迪了我對文藝的愛好，可是，當我能執筆撰稿時，他老人家卻已棄我而去，再也看不到了。

有時是絕版的書，遍尋無著，卻在故紙堆中得來全不費工夫；有時嫌新書太貴，無意中卻以最便宜的代價覓得了二手貨。最妙的一次是我一篇文章隨著夭折的刊物早已銷聲匿跡，竟意外地發現它乖乖的躺在書攤上。掀開封面，自己的作品及署名笑靨相迎，就像迷失的孩子等著我去親自領回。

尋尋覓覓，翻翻揀揀，發掘又發掘，書默默無語，心悄悄移動，時間之流便在書頁翻動間悄然過去。來時常在午後驕陽下，待興有未盡離去時，已萬家燈火。我覺得眼睛脹疼，似乎要奪眶而出，我的兩腿麻木而僵硬，我的十指沾滿了塵灰，我的衣服已全呈縐褶，提袋重重地壓著手腕，臂彎裡又狼狽地挾上一捲，還得在燈下對我顯得如此陌生的路旁，佇候載我上歸途的街車。給擠扁了回去——但是，我已在心中盤算，下一次，下次該是什麼時候再來造訪！

什麼時候，你也有興趣一起去「罰站」麼？

（牯嶺街舊書攤）一九七二．五．十二

靜靜的畫廊

嚮往於萬物的不朽，
神馳於自然的再造，
仰慕於生命的永生，

一次又一次，我悄然叩訪那供奉繆斯女神的殿堂；那小小雅致的畫廊。

從地面降落，摒絕市囂繁華於地殼之外，自階梯步下，離日月星辰已遙遠，清清幽幽，似月光鋪瀉，又似雪光輝映，深深潛潛，如夢境摸索，又如幻覺迷離。一眼望去，建築的線條給人以歐普的視覺效果；漫步其中，迂迴的排比予人以迷宮的眩惑感受。

那是一組立體的音符，譜出了靜的樂章。

那是一幅具象的圖案，繪出了動的韻律。

那是一系列空靈的雕塑，玄妙一如夢中幻境。

沉沉的綠烘映著一片璀璨的白，就如深靜的湖中矗立著層層疊疊的冰山；水是凝固的方，山是無數的圓。

一個圓銜接著一個圓，一個圈串連起一個圈，每一個圓都是開始，每一個圈都是起點，起點和開始，組合了空間。

一個圈扣鎖住一個圈，一個圓貫通另一個圓。圈是循環，圓是完滿，完滿的循環，融滙成美的場景。

在空間，揚射著人類智慧的光芒，閃耀著人類思想的燦爛，溢漾著人類靈性的昇華。

在空間，瀰漫著夢幻的朦朧，流動著色彩的鮮澤，飄浮著律動及和諧交織的光影。

在場景內，有國畫顯示出高雅飄逸的氣韻，有油畫炫耀著濃濃醇醇的筆觸，有水彩流露出清新輕靈的風貌，有木刻版畫那金石味的線條獨具風格。

在場景內，超現實的幽異古怪給人一個奇突的世界，歐普幾何方程式的錯綜線條引領你進入玄虛的魔境。抽象派的眞眞假假令人如墜入迷離的雲霧中，寫實派卻從實際中提煉出美，塑造出眞，化平凡爲神妙。

彷彿有隱隱的呼喚，來自遠古的胸臆，來自現代的心靈。彷彿有幽幽的芬芳，來自廣袤的自然，來自心中的丘壑。彷彿有熾熠的光采，來自至善的人性、至美的造詣。我傾耳聆聽，我深深呼吸，我莊默瞻仰，我乃浸潤於恆永的意緒內，沐浴於寧馨的氤氳中，沉迷於七彩的漩渦裡：

祇一眼，我就被震懾於那一份莊嚴，那一種氣勢，那一股澎湃的生命潛力。展開壯碩的雙翼，拋沉睡的地球於死寂中，沖上雲霄，飛向蒼穹；皓月不是目的，天宇不是終點，向上又向上，背負著蒼涼已逝去的世紀，飛翔再飛翔，是響應明天無聲的召喚，抑是尋求未知的永恆？如此肅穆，又如此沉默，越接近最高處越是孤寂。而高處又渺茫無垠——我靜靜凝注著你：飛「翔」中堅毅的鷹隼！何時來一個衝刺，衝碎淡黃的月，衝出幽邃的藍，黎明在等待。

自「翔」的旋律，自生命的飛躍，音調由高亢降落成低沉，由驚嘆！轉成逗點，祇用一支瘦長纖細、珊瑚枝般鮮豔的腿，支撐著龐大的身軀，佇立在水中央。雙翼收斂，長喙收藏於翅底，風蕭蕭，水瀲瀲，疏疏落落的蘆葦隨風搖曳在溪畔。「水鳥」，你的夢中有什麼呢？一羣夥伴遨遊於天空？一位伴侶偎依於水邊？抑是嚮往於穹蒼的遼闊，星辰的閃爍，卻淪陷在泥沼？風在流動，水在流動，而夢祇是憩息；是另一次遊獵生涯的準備。

屬於白晝的擾攘已平伏，屬於陽光的灼熱已消退，屬於生命的活動，也已停止。獨留一脈荒涼的赭色土山，起伏在黃昏的陰影裡。三五簇枯禿的枝椏伸向蒼白甬升的月亮，冷冷的月光彷彿就冰凍在空間，天籟肅穆，夜色淒迷。那一份深潛的「沉寂」，一筆筆鐫刻在刀鋒裡，一絲絲滲透在畫紙中，一點一滴浸染你的感情。面對亙古以來，天地的沉寂，蒼涼中惟有一人！

生命的路如此漫長；當你一路跋涉，曾經歷過崎嶇顛仆，從荊棘中勇往直前，也曾遇到柳暗花明，自絕境踏出新的路徑。生存的路如此曲折，當你彳亍獨行，一路上不盡生活的搏鬥，感情的糾葛，創業的艱辛，責任的重負——也曾忘懷，也曾縈懷。偶然佇足回顧，卻煙塵蒼茫，掩映於過去那森鬱的濃蔭下，隱蔽在時空那幽邃的陰影裡。哀愁也罷，感傷也罷，一切祇在「憶」念中。

藍天無垠，平原遼闊，擴展了心智的視野，透過樹的拱衛，平坦的路向無窮伸展；伸展處，兩條牛悠閒地相對併立，是在默默交換心聲，還是靜靜地共享那份安謐？沒有勞役，沒有鞭策，祇有寧靜，祇有和平，祇有生命與自然的融合，天地與萬物的和諧。由於內在心靈那份對自然的契機，乃藉圖案的規律，色彩的韻致，烘托出一片莊嚴的空曠，一脈秋高氣爽的豪邁，和一份神聖的安詳。噢，好一幅「秋野」！

似曾相識，似乎熟悉，那一身紅豔豔的小襖褲透著喜氣洋洋，油紙燈籠上輝煌的「春」字炫耀著萬象更新。恍惚間耳畔升騰起鞭炮鑼鼓賀新歲，眼前湧現出歌舞昇平迎豐年。燭影搖紅，感謝平安吉祥，香煙繚繞，迎接明春福祉。家人團聚，融融樂樂，童年來復，鄉情如醇酒甘冽……凝眸處，燭影淡去，鼓聲消失，祇有那提燈的女孩，高舉炫耀著「春」字的油紙燈籠，燃起了熾烈的鄉情，也燃亮了迴廊曲折。

虎視眈眈的大貓，張牙舞爪，垂涎著籠中小鳥。一籠之隔，美食不能到口，可恨復可惱！幾枝柵欄，是剝奪自由的囚牢，還是阻止侵犯的保障？而剛韌的筆觸，益顯出貓的傲兀：細緻的線條，更襯得鳥的柔弱。對稱排比的「雙魚」和「三雞」，古拙雅氣，富有樸質的裝飾趣味。熱鬧的「廟會」洋溢著歡樂的氣氛，人們單純的願望，東方古老的風俗，還有對鄉土濃郁的感情。淡淡雅雅，彷彿透明的葉叢，掩映著玲瓏輕逸的小小葫蘆。似白石老人的風格，有傳統的神韻，而半具象的表現，更流露出新的創意。

從小便曾嚮往一枝多彩多姿的彩筆，而造化卻配給笨拙的我一枝祇能爬格子的禿筆。我羨慕那些神妙的畫筆，畫出夢想，畫出人生，畫出宇宙萬象，畫出消逝的過去，和渺茫的未來。我更崇拜那些擁有彩筆的藝術家，那樣無私的奉獻自己的智慧、思想、熱誠，以及畢生的精力，創造出不朽的美！於是——

一次又一次，我悄悄叩訪那些小小的殿堂：那些雅致或樸素的畫廊，我清心淨慾，肅然默然，低低呼吸，輕輕移步，惟恐冒瀆了她——那無處不在的繆斯女神。

（春秋藝廊陳其茂版畫展）一九七二・八・六

寧靜地帶

各式車輛的急流洶湧奔騰，
倥傯行人的潮水湍激冲流，
噪音囂聲的波浪翻滾起伏，

我泅泳在急流中，飄盪在潮水裡，浮沉在波浪上。像一支羽毛陷進了流轉的漩渦，被揉著，推著，擠著……倏地一放鬆，推送上一處淺淺沙灘——噢，竟是一角寧靜地帶！

寧靜地帶，並不在郊野，也不在山谷，更不是遙遠的地方。就在鬧區，就在都市的心臟。宛如沙漠中的綠洲，塵土中的鑽石，謙遜地、優雅地舒展於層層疊疊高樓大廈之間。不受市囂干擾，沒有怪物橫行，點綴有樹木噴泉，安排著座椅石凳，是一片寬敞明朗的廣場。

也曾來過，也曾經過，像古老的建築物一樣，場地的存在原有它久遠的歷史；不是昨天才開拓，也不是今天剛建造。祇是在混沌時期，那是交通的三岔口，抄近路的捷徑。車輛四處流竄，行人穿梭來往，誰也未曾停下來多看一眼。如今，不知哪位當權者的德政，廓清四野，使它面目煥然一新，呈現著難能可貴的清靜、寧謐、安詳、悠閒……

我喜歡住宅前面留一塊園地，好有迴旋的餘地。

我喜歡生活中留一些閒暇，好有思想的時間。

我也喜歡在那擠擠攘攘、嘈嘈雜雜的市區中覓得一處空曠，好從緊張中喘一口氣，忙亂中定一定神，累得昏頭轉向時，獲致片刻的清醒和解脫。

且擦一擦汗珠，掠一掠散髮，舒舒泰泰地坐下來，先望一望天空。可憐都市的居民，生活在一層層現代化的鴿窩裡，行動在大大小小的鐵盒子中，步行在夾峙於高樓大廈間的路上，幾乎忘記了天是什麼顏色，雲是什麼姿態，縱使偶然瞥一眼，也衹是被污染了的狹隘一線。而在廣場上空，你會覺得久違了的藍天藍得特別鮮明耀眼。上帝就在一望無際的藍石坪上放牧祂雪白的羊羣。當我全神凝注那片悠悠飄浮的白雲時，一瞬間遠離俗世。腦中什麼也不想，心裡什麼也不煩，恍惚自己就是那片雲，隨風飄颺……

蔚藍已點亮了黯淡的視線，再讓翠綠來潤澤倦澀的雙眸。看那些英挺頎長、青氣蓬勃、在陽光下排列得整整齊齊的羅漢松，正等得你去檢閱。一隻隻巨大的石盆盛載著厚墩墩的蒼綠，看到那樣大的盆景，會覺得人忽然縮小了。鳳尾蕉閒適地款擺著她多褶的綠羅裙，嬝嬝婷婷。無限柔情。鑲嵌了縷花白欄杆的一塊塊草坪，像綠絨剪貼，貼兩塊在彎彎有致的紅磚道畔，襯得紅磚更鮮豔，白鐵涼椅更靈巧；貼兩方在莊嚴門樓前面，古老的建築物乃有了春的氣息。

古老的建築與巍峨的華廈，都是廣場的屏障，一組凝固在四周的音符。陽光每天用億萬支金色的手指一遍遍按撫，雨珠也曾用億萬支纖細的手指急促彈奏，衹是莊嚴，衹是肅穆。而在那傲兀的鋼筋鐵骨內部，卻重複著一組及一組永不休止的旋律——那是屬於人類的活動。有思想的、智慧的、精神的、行動的，有國是的商榷，文化的流傳，藝術的展示，眞理的傳播，也有慾望的徵逐，生存的競爭……人就是那麼一種永遠驅使自己旋轉不停的動物。有點可愛，有點可笑，也有點自以爲聰明的愚昧。儘管一切活動在進行、循環，莊嚴的終歸莊嚴，沉默的依然沉默，像山脈屹立拱衛。而廣場，是洋溢著光輝的小小盆地。

莊穆中蘊著和諧，安謐中涵有秩序，小小盆地惟一活躍的是那注銀色的噴泉，不停的溢射，愉快的吟唱，炫耀自己的晶瑩和幻彩——不管你信不信，我說它是有生命的，就像《婀婷》中那位頑皮而溫柔的水仙變的泉水，不同的噴濺，顯示它的感情和語言。看那一注當先，欣然沖向上空，騰躍又騰躍，揉升又揉升，銀光燦燦，迸濺出一顆顆水晶音符，那是生之舞，祈禱之舞，奉獻之舞；緊隨著輕快的旋律，四周溢射出一注注勻緻的細流，一道道優美的弧線，簇擁著舞之后，纏綿地迴旋，曼妙地翩舞——驀然彷彿一聲口令下，自底層又猛竄出一羣玲瓏剔透的水精靈，圍繞成一圈快活地跳躍舞蹈。有的拚命甩頭髮，有的用力摔胳膊，有的扭腰頓腳跳靈魂，有的聳肩抖腿跳雞舞。一個個跳得興高采烈，如癡如醉，就像有十二支樂隊在伴奏，有半打合唱團在嘶喚……光影一閃，一剎那又全都銷聲斂跡，影蹤全無，祇剩下一注泉湧，還在騰躍向上，寂寂地灑落滿池清涼。

負載著歷史的憂傷，那位奉獻自己，畢生致力於博愛和平的民族偉人，他偉大的精神是不落的日月，萬古照臨。他不朽的愛，循環在每人的血液中，他莊重的雕像，屹立在廣場中央，接受人們心靈最深的注視，最高的崇敬。

一道道通路隱蔽在巨廈的陰影中，當人們一進入寧靜的氣氛，立刻如釋重負般，解除了緊張，放慢了腳步，變得從容不迫，顯示出屬於最有教養動物的優越風度。舒展一下坐得僵硬的筋骨，洗濯一下滯澀的眼睛，片刻的小憩，生命將更充沛。那邊一個蹣跚學步的小女孩，雙手抓住欄杆，正膽怯而勇敢地試探人生的第一步。這邊一雙小兄妹甩開父母的牽挽，就像小鳥逃出了囚籠，在廣闊的天空快樂地飛翔、追逐。有人手執一卷，樂在其中，有人左顧右盼，恭候一個約會，也有人什麼也不爲，祇是怡然自得地享受那份閒暇，那份安靜。

一陣悠悠揚揚的鐘聲，彷彿一陣陣音樂的雨從雲霄飄灑下來，匯成一股股美妙的微波，一波接著一波，緩慢地起伏，衹覺得心緒便浮漾在起伏間，載浮載沉，悠然神馳。又彷彿是繽紛的落英，細小的花瓣自天際密密撒下，滿天輕盈地飛舞，飄墜，沾在衣襟，沾在眉梢，沾在不染一塵的靈台上。當鐘聲停止，餘音嫋嫋，半天，身心恍惚仍在柔波中盪漾，氤氳中猶自留著淡淡約約的芬芳。

幾次我來廣場，總是將近日暮黃昏。寧靜地帶半沐著夕陽餘暉，半涵蘊著淡淡陰影。清風拂面，湧泉更清冽涼沁。日影緩緩地移動著，把屋脊簷壁塑成浮雕，把欄杆刻畫出明暗對比的圖案，逐漸地，沿著紅磚地攀上了座椅，悄悄爬到我身上，移過藍旗袍上一朵白花，又一片葉子……終於滑下座椅，留我在掩攏來的蔭涼中——從來時間消逝，總恨不見形跡，此刻我竟親眼注視它無聲無息，卻分明一小步一小步輕輕走過，這感覺又何等奇妙！一生常為沒有好好把握時間懊惱，我卻不曾惋惜這越我而過的時光，因為我已眞正享受了它最美好的一刻——寧靜，安詳，以及和平。

悅耳的鐘聲又悠揚敲響，廣場乃浸溶在微波起伏，花雨繽紛中……好一個寧靜地帶！

（中山堂前廣場）一九七二・八・廿三

噯！你，和平的使者

一串清越的銀笛聲，劃破了黎明的寧靜，喚醒了童年的春睏。拭一拭惺忪的倦眼，小手推開窗牖，淡金色曙光裡，閃耀著一隻隻輕靈的身影，迎風張翼，流星般疾迅地破空而上。一朵雪白，一掠銀藍，一握紫灰……銀鈴聲穿刺過清新的大氣流，激盪成一渦一渦的音波。悠悠忽忽，逐漸擴漾——上昇復上昇，超越又超越。鈴聲一路散揚如心底的歡笑。終於，隨著影子隱逝於一方視野之外，鈴音杳然，笑聲寂寂。晧光映著初昇的朝陽，小小的心靈充溢著朦朧的憧憬，童稚的渴慕，且縈在鴿子翼尖，飛向不知何處的遠方，飛向不知多高的雲霄——而日影移動，時光悄悄流轉，嘹亮的哨音又震顫於岑寂的午後，召喚惦念著的小心靈。雙手支頤，獨坐於小院石階上，凝視中迎來一握紫灰，一掠銀藍，一朵雪白……背負著嫣紅的夕陽，絢麗的彩霞，纖巧的身影倏忽間一個俯衝，翩然下降，雙翼微搖，徐徐飄落。三五隻停駐在我家屋脊上，儷影雙雙，並翼偎依於脊簷，獨來獨往，便悠然整理羽毛，從容安詳，彷彿從未經歷過長途的飛翔，辛勤的追求。我輕輕地說：「歡迎你們回來！鴿子。」牠們也側著注視我，發出友善的咕嚕咕嚕，好像回答：「謝謝妳，小鄰居，這一天過得可好？」

噯，鴿子！由於分享你們的喜悅，我寂寞的童年乃蘊藉著自由的嚮往，高飛的夢想。

晴空一碧如洗，萬頭攢動，旗幟飄揚，音樂奏出雄壯激昂的序曲，人類公正的競賽即將開始，人們莊嚴的集會正待揭幕。就在熱潮澎湃激盪之際，驀地裡一片震撼耳弦的撲翅聲，蓋過音樂浪潮。一股強大的飛行之風，捲起灰沙滾滾。彷彿地上猛湧出一注巨大的噴泉向上迸射；一羣數不清的鴿子奪籠而出，振翮飛翔。一瞬時遮掩了天光。舞動的雙翼翅尖相疊，交錯比翼，又紛紛散開，自如舒展。陽光被俏利的翅尖攪碎切割，如滿天璀璨的金液自翎羽瀉落。幾乎是與鴿子聲勢奪人的出現同一剎那，靜靜的，悄悄的，像斑斕的煙火噴發自莊穆的火山，一簇簇彩色繽紛的氣球，嬝嬝婷婷飄向空中，那濃濃豔豔，渾圓渾圓的紅、綠、黃、藍，隨風擺動搖曳，益顯得鴿子們體態玲瓏，身翅矯捷。那屬於靜的圓，那屬於動的靈羽，浩浩蕩蕩，擠擠攘攘。在億萬雙眼睛矚望中，湧向蔚藍，湧向浩瀚。分不清是氣球簇擁著鴿子升騰，抑是鴿子牽引著氣球飛躍。祇有一片燦麗的光芒，祇有一片閃耀的彩華。雲騰霧升，氤氳縹緲。飄盪的仍在飄盪，飛翔的卻超越一切，如脫弦的弓箭，投射更高更遠的雲霄，奔赴更深更廣的穹蒼——薄雲掩映、模糊了，一點一點羽影。留下一大片燦爛耀眼的金，一大片澄澄亮亮的藍。而地面，沸騰著震撼山河的歡呼，旗幟招展處，人們展開了美與力的活動。

噯！鴿子，你奮翮疾飛，超越時空界限，追求自由，追求完美，最後終究降落於自己的家園；你翩躚翱翔，奔向無垠無極，天涯海角，任意遨遊，從來就忠貞不渝，堅守那份高貴的情操。

猶如桂冠之於詩人的榮譽。

V字之於勝利的記號。

你是和平的代表。

正義的象徵。

自由的標誌。

幸運的符號。

人們鐫刻你的形象於徽章上，描繪你的神韻於圖畫中；織繡你的丰姿於旗幟上，歌頌你的情操於文字中。……從亙古迄今。

而今天，你們來自世界各地，融融洩洩，共聚一堂，彷彿一次民族大團結。平時祇瞻仰你們飛翔的英姿於空中，此刻乃得一一拜識丰采：瞧一個個芳姿綽約，儀態萬千，原來竟是如此多采多姿。

一眼看見妳，就令人想起十七世紀畫家筆下歐洲的貴夫人，齊頸一圈柔柔細細、密密長長的輕羽，似精緻的荷葉領烘托，優雅的頭顱舒適的偎依其間，襯得一脈雍容華貴，氣質不凡。與其叫做「披肩」，不如封爲古典美人。

妳的神態好安詳，好端莊。矮墩墩的身材顯得四平八穩。任色彩繽紛，祇愛單純的黑與白。一身潔白的長袍，繫一個黑涎兜。黑臉頰又戴一頂純白色木耳邊燒賣帽。人們稱妳「修女」，卻不知由於妳的虔誠莊穆，抑是爲了那頭巾式的白兜兜帽？

驕傲的孔雀爲炫耀牠的美麗常展開尾巴。妳又爲展示什麼呢？謙遜的鳥兒，那一位在牠矗立的白羽扇上鑲嵌了一道黑邊，緩緩擺動時可眞威風八面！那一位竟把棕夾白的尾巴乾脆似花環般翻置在背上。讓我悄悄問一個祕密：當你們飛行時不知又如何安排這樣的「扇尾」？

妳那玲瓏體態眞美妙！從頭到腳，不染一塵的白，閃耀著聖潔的光輝，修長的尾巴有「燕子」的俏麗，覆蓋在腳上那細細茸茸的兩叢白羽毛，卻像沾自天際的兩朵白雲，也許，妳不用擺動雙翼，雲朵便已擁托著妳升騰。

而你，你的模樣很奇特，長脖子，長喙，長腿，分明是屬於另一族「喜鵲」的長相，聽說你亦有好鬥逞強的性格，不清楚你究竟該列入鴿裔鵲籍，還是算鵲裔鴿籍？

噢！你叫「壽星」，一點都不錯，看那高高突起的白額頂，凹陷的雙睛，活像北極三星中老壽星的塑像，而你卻昂首挺胸，老當益壯。你叫「吹氣」，原來有個強壯的胸部，一副白金漢宮門口禁衛軍的雄姿。你是「鷹頭」，目光灼灼，神氣淩厲，很有兀鷹目空一切的氣概，你是「球鴿」，的溜溜的圓眼睛，渾圓渾圓的身材，憨態可掬，煞是可愛！

哈！「觔斗」和「滾飛」，你倆一定是表演界的奇才，善於飛行特技。一個騰躍半空，一連串的翻觔斗；一個筆直向上，一路滾筒式飆升，這一會卻情致悠閑，以逸待勞。你題名爲「笑」，說你的聲音悅耳動聽，是一位快樂天使；你叫「特別」，因爲你雙翅特別修長，但一身漂亮的淺沙色外衣配著白襯衫、白褲，卻是位風度高雅的紳士。「東方皺背」，你的名字很中國，那一身白底織花紋的羽衣，可是請以織綢紗馳名湖州織工爲你紡織？而你們，「摩登鴿」，一個個花花公子，時裝模特兒，錦繡的衣裳一代代變換，花色繁多，斑斕華麗，每隻初生的乳鴿都創下新的構想，新的流行。純然是羽裝界的傑出設計家。

嗨！你們這一羣，鳥類的先驅，鴿界的前鋒。一個個體態矯健，神采飛揚，俊逸的丰韻，炯炯有神的目光，處處顯示出血統的優秀，智慧的高穎。飛渡過千山萬水，你們創下了輝煌的飛行紀錄，穿越過烽火電網，你們爲人類光榮的服務，鴿舍中安適的憩息，對你們是養精蓄銳，等待再出發，再建功！

依稀相識，依稀熟稔，當我熱血激奮地凝視你們時，你也偏著頭，從瑩澈的眸子流露出那份親善。喉際低沉地咕嚕著，你披一身皎潔的白羽卻在頭頂俏皮的潑一撮黑。噯，是了，你們正是那在我童年給我無限憧憬的「點子」——有名的「耐翔鴿」。如今爲逃避飢餓暴行，竟也遠離破碎的故園，撇下即將滅跡的家族，飛越海洋，歷盡艱辛，投向自由祖國。請勿悲哀，切莫憂傷，在這豐饒的土地上，且暫安頓罷，等風雨黎明，等春暖花開，等家園重見光明，重獲自由的那天；再率領更多優秀的子子孫孫，浩然賦歸！

而我將追隨你於後，和平的使者。

（世界名鴿展覽）一九七三．二．二

慧心和巧手

宇宙是多麼荒涼；如果沒有日月照耀，雲彩輝映。
世界是多麼冷酷；如果沒有青山綠水，四季花開。
人生是多麼枯燥；如果沒有愛情的潤澤，希望的鼓舞。
生活是多麼寒傖；如果沒有智慧的閃熠，思想的光采。
日子是多麼蒼白；如果沒有色彩的渲染，美的綴飾。
人類是多麼可憎；如果祇有利慾、貪婪，而缺少了藝術的愛好，對一切美的感受。
人們是多麼愚昧；如果祇知道徵逐權勢、虛名，而忽略了性靈的灌溉，情趣的培養。

但是，祇需，

一塊石頭，幾粒貝殼，宇宙就圍繞在你左右。

一抹色彩，一個形象，世界就安排在你四周。

一截樹樁，一撮泥土，自然就進入你住宅內。

一朵小花，數片葉子，季節就納入你屋簷下。

一點感受，一點巧思，使生活中憑添無限情趣。

一份耐心，一份手藝，把人生點綴得多采多姿。

一份構想，一份創意，所有古典的、新穎的美就展示在你眼底。

造物者創造了萬物，開拓了宇宙，聰明的人又使萬物不朽，世界恆新。

萬物不朽，塑之以形象；世界恆新，付之於創造。一座雅潔的小樓，一片安逸的靜土，兼容了人類的智慧，自然的美妙。彷彿淡淡約約，呼吸到遠古的檀香氣息，當你從現代都市的繁囂中，進入這寧謐的氛圍；似乎悠悠忽忽，感染到東方民族傳統的閒情逸致，當你自庸庸碌碌的人羣中，進入這超然的境界。能擁有一份悠閒的情緒，一段閒暇的時間，將是眼睛怎樣一次可愛的豐收，性靈怎樣一次美好的享受！

在深山，在曠野，樹木的生長祇是一種自然的發展。而在這裡，人卻給了它千百種姿態，幾千年以前偉大的人格藉此重生，如日月萬古照臨。那先聖孔子雕像，岸然道貌，令人肅然起敬。那關公秉燭夜讀像，神態凜然，一副威武不能屈的氣概溢露於外。那漁翁一支垂釣願者上鉤，悠然自得，樂在其中。彌勒佛笑呵呵地高舉雙臂，袒裎著肚臍，望著他展眉開眼，笑容可掬，誰也忍不住會心一笑。

看那雙目灼灼的神鷹，那憨態可掬的雙熊，那栩栩如生的貓頭鷹，凝視一注，彷彿有所待命。原來牠們全護衛著一隻表，告訴人們冷暖自知。

唯妙唯肖的八駿圖，從畫上雕成具體，或站，或息，或仰天長嘯，或揚鬃馳騁，一隻隻姿勢美妙，神態生動；馬給人的印象是馳逐騰躍，而溫馴的牛，呈現的是一脈安詳和穆，有半躺半臥，緩緩反芻，有背負牧童，悠然踱步。那玲瓏可愛的小象和袋鼠，背著的，袋著的，竟都是牙籤，伸長了頸脖子的憨頭鵝吹灑出來的卻是胡椒粉。

一片片圓潤的葉子，一朵朵玲瓏的花兒，一個個突出的人物，那樣光滑細潔，又那樣具有立體感。掛屏、屏風、寶箱、案桌，全精工浮雕著代表我國民族性的忠孝節義故事，衣冠楚楚的鬚眉男士，裙裾飄曳的婀娜仕女，具體而微，彷彿呼之即出。與細緻精巧成爲對比的是厚厚實實的原木巨屏，原始意味的樹椿几凳。簡單的形象，卻散發著山林的趣味，樸拙的美。而一尊尊線條粗獷、形狀奇特的木刻雕像，讓人聯想起神祕的印第安部落、傳奇性的高山族，稚拙的刀法刻畫出如許樸質的感情，含蘊著如許單純的理想。

一簇簇修竹，一叢叢幽篁，臨風搖曳是天生韻姿，人類纖巧的手又賦予多少美妙的形態！看那一組組靈巧的古樂器，小小的三弦，小小的古箏，小小的琵琶和月琴，將彈奏出一支陽春白雪，抑是高山流水！就在凝視的片刻，恍惚輕撫出一縷縷思古幽情。看那些素淨美麗的竹燈，修長修長，渾圓渾圓，稜稜角角，方方正正，不以色彩炫耀，朦朦朧朧，亮起一個詩意的夜，一個幽靜的夜，一個瀟瀟灑灑的夜。怎樣一座玲瓏軒敞的宮殿式鳥籠！如果鳥亦像人一般不慕自由衹求享受，一定樂於終老一生在其中。別致的篾籃竹盤，兜盛著優美的圖案，古拙的竹節畫框，框一框超凡脫俗的幽雅。

幾千年，幾萬年，深深掩埋於荒山的頑石，沒沒蘊藏於巉岩的礦苗，小心磋磨，仔細雕琢，於是，呈現在世人眼前的是怎樣琳琅滿目、明燦光輝的一片！一件件光澤美觀、紋理清晰的大理石成品，從小巧的鎮紙、彩蛋、花瓶、花盆、洗池、雕像、枱燈，到石鼓石屏。一塊塊色彩迥異、形狀怪譎，紋理幻成山水含輝、人物象形的奇石，一尊尊墨綠玉雕琢的珍禽怪獸，如意古鼎，一叢叢鑲玉嵌石的盆景古屏，一串串晶瑩圓潤的紫晶葡萄，一株株玲瓏剔透的綠玉白菜，豈僅是美不勝收，簡直愛不忍釋。

海洋的神奇居民，扛著住宅生活的小生物，誰能想到一旦登上陸地，便被巧妙的手安排成這樣一幅生動的美景：好小好小的小寶貝，小螺螄、小蛤蜊，陪襯些紅豔的珊瑚、潔白的砂礫，勾勒出一幅「歲寒三友」，又一幅「清風亮節」，一幀「松鶴長青」，又一幀「瀟湘夜雨」，喜鵲棲於紅梅的「春在枝頭」，唯有黃花晚節香的「秋菊佳色」。掛一幅室內，既呼吸到海洋的浩瀚，又領略了美景的幽馨。

何等晶瑩澄澈，何等剔亮皎潔！這小小一角水晶世界，竟如此纖塵不染，那些五光十色的花瓶、水盂、煙灰缸，環繞著彷彿流動的濃豔色彩，美得好新潮，那些璀璨奪目的小玩意，獨特的創意及柔和的線條，全賦予新穎的美：引頸偎依的雙鵝，昂首揚角的蝸牛，稚氣十足的小象，騰躍竄跳的鯉魚，聳立索食的小熊，嬌小伶俐的松鼠，還有纖纖弄姿的玉手——好一片冰清玉潔，純淨無垢！置一方案頭，也讓人思念澄澈，心如明鏡。

正好與水晶玻璃的新的造型成對比的，是歷史悠久、最富東方色彩的陶瓷器。陶的樸茂古拙，瓷的細致典雅，任何一件藝術製品，都讓人緬懷起豐富的歷史文化。象牙的雕刻更精細到令人難以想像，觀音菩薩慈眉善目，煥發出聖潔的光輝，象牙球層層疊疊，教人撲朔迷離。那青銅黃銅的佛像、蠟燭台，閃耀著亙古迄今的光采，恍惚時光倒流，檀香繚繞，燭影搖紅，守歲燭畔迎來一個吉祥如意的太平年……噯，東方的東方、藝術的藝術，帶給人怎樣一份民族性的驕傲，又怎樣一份懷鄉的哀愁！

花開得鮮妍，卻不是生長自泥土，更不問任何季節，茸茸的毛線康乃馨，閃閃發光的玻璃塑膠杜鵑，光澤柔美的緞帶豌豆花和紫羅蘭，壯麗碩大的蔴質向日葵，彩色繽紛原是輕飄飄的雞毛花，不管春夏秋冬，擷一束把無限春意留在身旁。

上一層樓，再一層樓，好一個小小大同世界！當你輕輕躡足進去，卸下世故的外衣，祇有童心悄然來復，幾時見過千百種膚色不同，服飾不同，習俗不同，來自世界各國的玩偶，聚集一堂！一個個神采奕奕，姿態迥異，世界上各個不同的民族在這裡炫耀他們的服飾和藝俗，歷史上多少著名的人物就圍繞在四周，更有傳統的國劇一齣齣在眼前上演，儘管是短暫的相對，片刻的逗留，卻已遨遊天涯，經歷了多少時代。

（中華工藝館）一九七三・四・十二

永恆的一剎

什麼是一剎？三十分之一秒，六十分之一秒，一百二十分之一秒，二百五十分之一秒。

生命倏忽展示，萬象瞬間顯現，海中浪濤升落，天空雲彩詭譎，感情眞切的流露，人生難忘的境界，時代行進的旋律，歷史演變的軌跡……在時間無限之流，都祇是一剎那間迸濺的水花，閃耀的光影。

什麼是永恆？留住一去不返的時光，抓牢稍縱即逝的年華，固定瞬間萬變的自然現象，捕捉這永無止境的世界中每一個珍貴的片刻。

那奇妙的一剎，通過光的孔道，經過光的幽徑，是動盪中的安定，騷亂中的平靜，浮動中的穩固，行進中的靜止。

那神祕的一剎，經過光的幽徑，通過光的孔道，是人生的縮影，社會的速寫，景物的素描，時代的拓本。

那微妙的一剎，通過光的孔道，經過光的幽徑，短暫的長存，飄忽的肯定，溶化的凝結，幻滅的永生。

那美好的一刻，經過光的幽徑，通過光的孔道，花開了不謝，雲聚了不散，人是長生不老，宇宙是恆久常新。

一剎便是一個完整，一個肯定，一個單元，一個眞理。

永恆便是最眞的眞，最高的善，最純淨的美，最眞誠的愛。超越時空，凌駕一切。

一剎成爲永恆，祇是，噢，祇是「咔嚓」一聲！

咔嚓一聲，當手指溫柔地、穩定地，輕輕觸及快門的按鈕，光影砉然交接，抓住了眞實，也抓住了自己的感情，捕捉了意象，也捕捉了自己的精神。

畫家用顏料和油彩，雕塑家用木石和金屬，而攝影家用心靈的眼和熟練的技巧，創造他融貫了意象和寫實的藝術。

不用文字，就是一首首可愛的小詩；不用詮釋，就是一則則動人的故事；不用音符，就是一支支輕快的曲子；不用彩筆，就是一幅幅突出的圖畫。不管匆匆一瞥，抑是深深諦視，僅是目光交會時火花迸發的一刻，便已心領神會，回味無窮。

沒有國界的距離，沒有種族的藩籬，沒有言語的隔閡，沒有政治的排斥，不管仔細端詳，抑或匆匆一瞥，祇是視線接觸時火花迸發的一剎，便已感情交流，思想溝通。

何等柔美的時光！你也有過，我也有過，偎依在母親溫暖的懷抱中，像小船兒安逸地停泊在和平的港灣。一個純稚的微笑是一朵世上最嬌柔的花蕾，綻漾在胖嘟嘟的雙頰，睜著黑亮明澈的雙眸，懵懵懂懂看這神奇的世界。而流露在母親眼中的是比海還深的親情，比月光還柔和的光暉，整個物慾世界都在她身邊退隱，祇有和平，祇有愛。

童年，生命的朝晨：新鮮活潑，生氣蓬勃。一撮泥土，一根竹竿，一個皮球……沒有一樣不好玩的東西，但最疼愛的還是小動物！那小頑童這一刻靜下來坐在台階上，一手摟著他親密的伴侶，紅紅的小臉頰緊貼著茸茸的毛毛臉，那樣雄壯的大狼狗祇溫順地傍著小主人，半是親暱，半是保護，拳拳摯情盡在默默無言中。那一身白紗裙的小女孩，像剛被晨風吹送到人間的小天使，嬌小的身影掩映在金色海洋一般開滿雛菊的田野裡，小胖手拈著一朵花兒正聚精會神地研究哩；耐心地佇候在幾步外，爲她開路的那隻鬈毛狗側著頭在注意她的行動，好像唯恐小不點的她迷失在花叢中——孩子與狗之間，永遠有著最深的默契，最好的諒解。

青春，青春多燦爛，閃耀著愛的光輝，揚射著力的丰采，得一位傾心相許彼此相屬的伴侶，扶攜著漫步在人生道上，前面，生命之河正奔流躍進。岸那邊展延一片壯麗而又莊穆的遠景，背後，寂靜的沙灘上留下雙雙履印，在密切偎依的片刻，心跳和脈息一致，靈魂交流融洽——且留住這生命中甜蜜的一刻，這一刻便是永生。

彷彿可以聽見響徹雲霄的歡呼聲洋溢於外，彷彿可以感受興奮的情緒奔放於其間。那一羣精力充沛、歡欣若狂的青年正揮著手，搖著旗，踮起腳尖，屹立在崢嶸的山峯頂上。他們剛征服了那座大山，建立了勝利的里程碑，揭開生命史上光榮的第一頁！

怎樣一張被歲月精工雕琢的臉！額上深深鐫刻著生活的軌跡，頰畔縱橫交錯憂患的痕印，生存是一場搏鬥，這漫長掙扎過來的一生，該經歷了多少滄桑，多少艱辛苦難？爲何凝望著靈空的雙眼，兀自流露出如許惶惑和迷茫？是依舊擔憂近一世紀來人類戰亂頻仍，流離失所的日子；抑是爲了後代的逆叛不孝，老境寂寞悽涼？欣賞傳眞之餘，回去也仔細看看老人臉上歲月雕刻的皺紋罷！

迴旋，起伏，引伸，展延，彷彿歐普畫風的趣味，卻是遼闊無垠的沙漠。遠遠地角上單人一騎，顯得那樣孤伶伶渺小而畸零，好冗長枯燥的旅程！在人生途上，不亦橫亙著無邊的寂寞，苦惱，煩慮，憂愁……如同無法跨越的沙漠？那份無奈，那份蒼涼，兀自滲入一路淡去的腳印，祇有向前，不復回顧！

肥沃的泥土，富饒的大地，那黃橙橙鋪滿廣場的是人的糧食，是一粒粒飽滿的穀粒，是無價之寶。那對莊稼夫婦正一個握著竹耙，一個揮動掃帚，把開又掃攏。風霜侵蝕的臉上，同樣流露出平靜的滿足，收穫的喜悅——這不是米勒的名畫，鮮活的現實又比畫更生動。

嵐煙縹緲，晨霧迷濛，層層疊疊的遠山掩映在虛無縹緲中，隱隱約約，若有若無。惺忪的河流撲朔迷離，潺湲自流，一葉小小漁船悄悄地穿出蘆叢，輕輕地滑過水面，人也朦朧，影也朦朧，衹緣一夜捕魚，遲遲歸航，渾不知身在圖畫中。

那危巔巔平地拔起的高架，那大刺刺直指穹蒼的鋼鐵V形，不正代表高度的工業化時代，人類從地面征服空間的勝利符號？那驀地裡從地底冒出七股白煙，在空中畫了個大括弧，七架神鷹以優美的隊形衝刺上升，令人震懾的凌厲氣勢，令人驚悸的超音波速率，不正是突飛猛進的時代，人類超越時空的見證？

留住盛典佳節的慶祝，留住人們心底的歡欣，那燦爛的焰火，光華奪目的火樹銀花，是一幅黑絲絨上絢麗七彩的亂針刺繡。

散髮飄揚，紗裙展漾，輕靈地凌空躍起，盈盈地迴旋欲飛。舉手，投足，縈繞著優美的旋律。宛如敏捷的羚羊騰躍，宛如高雅的天鵝振翅，噢，祇是芭蕾舞女郎，獨自忘情地翩躚於春之山崗，奔放於生之原野。

兩隻絨球似的雛雞，打從密封的蛋中出來不會很久罷，怎麼爬上了這巉巖崇嶺？（原來是水泥磚呀！）一隻嚇得蹲在峯頂直呼救，一隻神態儼然，彷彿在想法子，奈何中間還隔著條深壑。別急，別急，且耐心等媽媽來營救！

蔭蔽在枝椏間的鳥窩中，三隻醜小鳥張著比半裸身子還大的短喙，聒吵不休，白鷺母親剛覓食回來，頭上毛冠蓬鬆，雙翼白羽凌亂，珊瑚喙裡銜著一條辛苦尋來的蚯蚓，面對三張嗷嗷待哺的小喙，卻煞費躊躇。

彩色斑爛的粉翅待啓還斂，纖細如絲的觸鬚上翹猶垂，彷彿禁不住風微微顫抖，受不了光怯怯閃避。尾尖尚半沾著一枚透明的空囊，原來小小美麗的蛺蝶，蛹自繭中脫穎而出！瞬時間柔和的光輝中散佈著花的芬芳。波動的氣流中奏起了蟲鳥的音樂，都爲這新生命的誕生歡慶！

咔嚓一聲，一剎那捕捉了所有的美。
而美的事物，是一種永恆的歡樂。

（國際攝影展覽）一九七三・六・廿九

美好的星期天

彷彿泉水噴湧，彷彿山澗出谷，彷彿溪流奔瀉，一支愉快活潑的旋律，驀地裡在空中迸濺四溢……

星期天早晨愉快地來到。

這是個多麼美好的日子啊！

嗨！嗨！嗨！

美麗的星期天……

喚醒了隔宿的沉痒，快樂的歌聲從樓梯翻滾到樓下。金絲雀欣然聞歌共鳴，高唱起婉囀動人的自撰曲：起初是試探性的單音，緊接著便串珠般從小喙裡滾落一連串金屬音符，津津津，唧唧唧，咯嚕嚕嚕嚕……

遠遠地自天際引來教堂沉緩的鐘聲，悠悠揚揚，有如柔波盪漾，一波一波近來，又一波一波遠去——

輕快的節奏，圓潤的鳥鳴，悠揚的鐘聲，匯合成星期天早晨的組曲。

Sunday morning up with the lark
I think I'll take a walk in the park
Hey hey hey it's a beautiful day
……

突破黎明的靜寂，歡欣的樂曲自陽台飄盪在園中。新鮮的空氣像沁甜清涼的醍醐，金色的陽光從穹蒼氾濫傾注。朝陽花嬌憨地仰起一張張嫣紅的笑臉，蔦蘿舉起數不清的紅寶石喇叭，奏出生之鼓舞。一串串珊瑚瓔珞在晨風裡搖曳叮鈴，一叢叢絢麗彩葉幻變出欣欣向榮。

優美的旋律，璀璨的陽光，鮮妍的花朵，交織成星期日早晨的圖景。

盥口盅叮噹，自來水嘩嘩，哼著輕快的曲調，踏著音樂的步子，花晨衣翩舞在門樓欄杆間，醒自一夜沉酣的甜夢，星期日早晨，女兒年輕的臉龐，竟是如此容光煥發，神采飛揚！

……

嗨！嗨！嗨！

美麗的星期天，

多麼美好的日子啊！

像火花迸飛，像火燄騰躍，像火龍游騁，熱烈歡暢的樂曲滾動在鬧哄哄的街頭，摩肩接踵的行人一個個穿戴得端莊高雅，打扮得漂亮瀟灑。懷著輕鬆的心情，跨著從容的腳步，去赴那七天中一天的，「休閒」的約會。

「休閒」多麼奇妙，「安息日」又多麼美好！隨意巡禮街頭；五花八門、琳琅滿目的櫥窗是最現代的藝術，唱片行終日播送免費音樂，書店是長期開放的知識寶庫。服裝綢緞店炫耀著繽紛色彩，畫廊、紀念館、百貨公司的各種展覽，吸引著無數好奇心和欣賞者。美的創造喚起心靈的共鳴，建設性的設計引起一片讚賞，史蹟的展示激發起民族的驕傲。有人迷失在美服的絢麗光澤中，留戀不捨，有人自願罰站在高矗的書牆前，浸入物我兩忘的境界。還有那座小小親切的兒童書城裡，活潑的小手小腳忽然都乖巧地安靜下來，一雙雙流動在書頁上的眸子閃漾著智慧的光，暫且撂下重甸甸的書包，隨著魯濱遜去荒島歷險，跟著愛麗絲去漫遊仙境，還有許許多多馴良可愛的小動物，一一從書中跳出來，圍繞在四圍……噢，噢，多美好的星期天！

……

多美好的星期天，

讓我們去兜風，

讓我們去公園散步。

輕風吹拂，和風駘蕩，清風播揚，輕快的音樂乘著風的翅膀，在公園上空迴旋翱翔，噴泉隨著韻律起伏升降，鳳尾草和大王椰歡欣舞蹈，滿花架金紅、橘黃、玫紅的，九重葛巍顫顫似蛺蝶蹁躚。一池塘紅白相映的睡蓮盈盈舒展於田田荷葉，小橋如虹，流水潺潺，亭台飛簷，廊榭曲折。輕蔭下安詳地並坐著老伴兒倆，石凳上親密地偎依著情侶雙雙，兒童活潑的身影嬉戲於草坪花堦，青年人矯捷的腳步蹓躂於陽光大道。年輕夫婦推了嬰兒車，交換幾句絮語，一個微笑。音樂台上有合唱團唱著讚美詩歌。笑語盈盈，歌聲抑揚，都市中的綠園瀰漫著和平的氣氛，到處是音樂，到處是生意，到處是喜悅，噯，這樣的辰光，又多麼美好！

Ha ha ha beautiful Sunday
This is my my my beautiful day
When you say say say that you love me
Oh my my my it's a beautiful day

一枚枚活潑潑的音符，輕捷地跳躍於指鍵間，又迅疾滑落四溢溶入幽雅，溶入朦朧，溶入檸檬黃、葡萄紫、鸚鵡綠、珊瑚紅、寶石藍、瑪瑙、琥珀……音波和光彩交織放射，分不清是光之音樂，抑是音樂之光。棕櫚的輕蔭掩映中，霓虹及吊燈的暈染下，軟軟的座位，鮮豔的轉椅，水晶杯裡漾著象牙、嫩黃、淺粉的玫瑰花蕾，衣香鬢影，杯叉交晃，咖啡、龍井散佈著芳香。電子琴一曲又一曲助興，且在這人類的加油站——餐廳、咖啡館，充一充飢，解一解渴，養養神，享受片刻閒暇的趣味，優美的情調——哦，這樣的星期天多麼安逸，又多麼美好！

多麼美好的日子。

讓我們去兜風，

去追逐陽光。

讓美麗的星期天永遠伴隨。

似海濤沖激，似波瀾洶湧，似浪潮起伏，歡暢的音波飄揚在海邊，迴盪在沙灘。

似山風獷獷，似松濤呼嘯，似百鳥啼唱。奔放的旋律，縈繞在林間，盤旋在山谷。

似天籟悠揚，似自然呼喚，似麥浪淘淘，愉快的節奏旋舞在田野，繚繞於草原。

陽光普照，空氣澄淨，輝朗的穹蒼深邃亮麗，浩瀚的大海一碧萬頃。青山綿亙起伏，原野廣闊無垠，且摒除那些煩慮塵思，解脫那些名韁利鎖，忘卻那些繁瑣俗務，放棄那些生存競爭，走向自然，走向海洋，走向山林，走向曠野，讓生命盡量奔放，讓心胸盡情歡唱。聽那熱烈的曲調，來自年輕的吉他手，一羣年輕人正拍手、頓足，長髮飛揚，短髮飄拂，從心底唱出青春的熱狂。聽那振奮的旋律，來自一祇祇小小的提盒，隨著拎它的手一路撒下跳躍的音符；有人在山徑哼哼，有人在林中高唱，有人在溪畔吹口哨，也有人祇唱在心裡。一樣浸沉於韻律的共鳴，陶醉於自然的瑰麗——噯，似這般返璞歸眞的時光又多麼美好！

……

Making Sunday go on and on

Hey hey it's a beautiful day

誰，誰唱得那麼荒腔走調？沒有吉他伴奏，沒有電子琴彈唱，也沒有身歷聲在播放，我停下開鎖的手，環顧四周，夕陽下，暮色輕攏，小園幽幽靜靜，祇狗兒親切地迎上來搖頭擺尾，金絲雀在籠中啾啾唧唧——原來是我自己，倦遊歸來，情不自禁哼出荒腔走調。
噢，美麗的星期天，美好的日子。
嗨！嗨！嗨！

一九七三・十一・廿四

若和春同住

從風雨淒寒的隆冬中解凍。
身肢似乎有所感受，
心臟似乎有所躍試，
精神似乎有所提昇，
靈魂似乎有所醒悟，
祇由於二十四番花信風殷勤催生，季節將更換。

自長長一季蒼白的陰鬱中超度，

有人在尋尋覓覓，
有人在到處探詢，
有人在焦灼地等待，
有人在迫切的引頸翹望，
祇因爲氣象預告，今年春早。

今年春早。那麼請問，
春從什麼時候、什麼地方開始？
春有沒有起點？
又從何處獲得春的消息？

請先別嚷嚷，且敞開靈魂之窗：從四周，到郊野，到山林，到天空，放眼
去觀察：
樹椿萌發的新芽，枝頭舒展的嫩葉，莖梢含蘊的蓓蕾，堦前初長的小草。

杜鵑的嫣紅姹紫，山茶的粉嬌白潔，迎春花星星閃閃，蒲公英燦燦的黃。鳥雀成羣結隊翱翔，雙翼背負無雲的藍天，驕陽滑下光澤的羽毛，待斂翅憩息，一隻隻在電線上組成美妙的五線樂譜。

蛺蝶甫自蛹繭蛻化，輕盈地翩翩於花間，粉翅閃耀著新的光彩，舞一陣歡暢，旋即又醉吮於蜜汁的芳醇。

天空更遠，更深邃。藍得碧澄澄讓人目眩神馳。太陽更高，更白熱。金色的熔液氾濫了大地。

星座加速轉移，星雲忽聚忽散，星羣越來越繁密。夜空中，閃閃爍爍，顯得明亮而低懸。

這裡，那裡，不都是春的徵候！

請先別擾擾，且屏聲寧息，自寂靜，自安謐，自肅穆，自和諧，仔細的諦聽：

微妙的天籟，輕輕細細，隱隱約約，彷彿仙樂自雲際飄飄，彷彿山風在幽谷迴盪，彷彿回聲從四方呼應——那是星辰移動，大地解凍，生命成長的聲音；是季節的號角。

天風掠過山巔，松柏歡欣呼哨，清風吹過樹梢，新葉喁喁低語，和風拂過竹林，搖曳一片清韻，微風吹動屋簷串串風鈴，迸發金屬水晶的清脆，散揚於晨昏。

穿越過田野，澗溪淙淙奔騰，沖躍過岩石，山泉鏗鏘流瀉，水位上漲，湖沼湲湲地滿溢，潮汐升湧，海浪澎湃地激盪。

嗶嗶喇喇，是種籽在土中迸裂。悉悉索索，是初芽勇敢地竄出地面。滋滋屹屹，是幼苗在陽光下迅速茁長——這是一組可愛的旋律，但輕得卻不是肉耳能聽見。

雲雀嘹亮的歌聲從天而降，金絲鳥巧囀豐盈的自撰曲繚繞不絕。鷓鴣祇唱牠獨特的短調，麻雀歡喜得吱吱喳喳，還有新雛的啾啾唧唧。鳥們的合唱最是悅耳動聽。

從長長的冬眠中甦醒，動物各自亮亮嗓子，顯顯生之威風。也有那求侶找伴的，重重複複哼著那支傳統的古老戀歌。

而沉寂了許久的蒼穹，猛然爆出一聲春雷，震撼了大地河山。

這些，那些，不正是春的信號！

請先別盤問，且深深呼吸，從空氣，從輕風，從陽光，從霧雰，好好地聞一聞：

新鮮的空氣流轉在身畔，澄清得像剛濾過的甘泉，斟上又斟上，洋溢於無色無質，吸吮再吸吮，清冽涼沁肺腑，提神，醒腦。

生長中的草木散發著「青青」的氣味。幽幽淡淡，清清爽爽。若有若無間飄進鼻孔，滲入血液，使人神清氣爽。

花香隨風四溢，薔薇的甜美，玫瑰的馥郁，蕙蘭的幽雅，素馨的純淨，水仙的清冽，梔子的濃烈……凡是花的芬芳，總教人陶醉。

泥土重新翻耕的氣息混合著有機物的化學成分。溫潤而帶點沉濁，宣告它正在發酵，在醞釀，在孜孜懇懇準備另一次孕育和誕生。

陽光醇醇厚厚，溫馨暖熱的氣息，吸進感冒一冬的氣管，有被伏貼熨過的舒暢。摻一些被蒸發溶化的青味花香，更帶點薄薄的醺意。

霖雨潤濕清涼的氣息，浸漬著淡淡的蜜味、薄荷、茴香。啜下那些清涼沁冽的滋養，從神經到血管彷彿都已經過洗滌和潤澤。

大氣中滲揉了如許生命的氣息，自然的氣息，花木的氣息，泥土的氣息，海洋湖沼的氣息，白晝和黑夜的氣息……飄忽放播，又融匯凝聚。充沛於天地中，播揚於宇宙間。

這般，那般，不正是春的預兆！

請先別詢問，且平心靜氣，讓感官，讓性靈，讓心跳與血脈，讓生命自己去默默體會：

你可曾覺得四肢靈活，動作敏捷，腳步輕快，肌膚滋潤而光澤，行動充滿力量。正待抬頭挺胸向前，接受生活新的挑戰。

你可曾感到血液激進，像澗溪暢流，快速的循環，使一身活力充沛，精神振奮，一股銳厲的勇氣，蓄勢待發。正待再接再厲，打人生那一場仗。

你可曾感到心臟強有力的跳躍，似潮汐起伏，氣勢磅礴，胸魄豪邁，滿懷熱誠和信心，正待整裝再出發，踏上新的里程，邁向理想所揭示的目標。

你可曾覺得胸際有什麼衝動想振翼飛翔？你可曾覺得心頭有什麼沸騰想引吭高歌？你可曾感到無限青春氣概充塞於每一個細胞？你可曾感到自心底升起什麼熱烈的欲望或興趣，渴慕於超越自己創造新的軌道，探索一切新的未知。

這一切趨勢，不都是春的召喚！

春來時，並不選定何時何地開始，彷彿悄悄地，默默地，一點一滴慢慢地滲透浸潤，常被粗心的人忽略。又彷彿忽然間從天空，從山巔，從海之角、地之涯，從四面八方洶湧氾濫，來一個目眩繽紛，措手不及。

春沒有固定的起點，來在所有的地方，所有的生命，所有的事物中。也來在純情的人心裡，當你尋尋覓覓，遲遲疑疑，徬徬徨徨，懵懵懂懂，卻已熱熱鬧鬧瀰漫了人間。

春是青春的季節，一切重新開始的季節，充滿希望和信心的季節，祇是，來得匆促，駐留也短暫。
若要和春同住，
就該在你剛感到春的預兆，剛發現春的徵候，剛亮起春的信號，便接受第一次召喚，迎頭趕上！

（倚風樓）一九七四・二・廿六

純樸智慧的境界

我覺得我是那個《小人國遊記》裡的格列佛，
當我無意中闖入這座可愛的小樂園；
玲瓏的小桌小椅安排得如此周全，
精巧的矮書架環列在四圈，
那巍然豎立中間的羅馬式大柱子卻不是城堡的巨擘，圍繞以一圈杏黃色軟墊：竟是天使寶座。
深靜的一隅更有弧線柔和的室內立體草坪，
旁邊雛型的舞台簾幕沉垂，正等待誰來扮演一個動人的故事！

我覺得我像那個住在豌豆樹頂上的笨拙巨人，
當我莽撞地衝進這片安靜的小天地。
一個個活活潑潑的小身軀斯文地安頓在座椅中，
一顆顆黑髮頭顱優雅地低低俯垂，
一張張會叫，會唱，會笑的小嘴緊緊地抿攏，
一副副矯捷的肢體乖巧地伏伏貼貼。
沒有老師鎮壓，也沒有大人干預。
多麼有教養的一羣小紳士和小淑女！

孩子，生命中的清晨，兒童，人生的曙光。他們剛從上帝那兒來到人間，充滿了去發現一切的蓬勃朝氣、冒險精神，和好奇心。這廣袤繁複的世界，在他們尚未誕生之前，已存在許許多多稀奇古怪的好東西，正急不容待地要去認識、嘗試、體會。在他們加入以後，又不知有多少新鮮有趣的事物，等著被探

勘、發掘、開拓。電動火車、會唱歌的洋囡囡，是大人爲他們製作的玩物。跨一支竹馬，捏一個泥娃娃，是他們自己創造的玩具。打球，作體操，是學校教的運動。跳橡皮筋、玩彈弓是他們自己發明的遊戲。一堆瓦礫堆堆砌砌是國王的城堡，幾張椅子拼拼接接，便是上月球的火箭。爬牆攀樹，調皮搗蛋，玩笑惡作劇，小手小腳從不閑息，小小身心從不疲倦，祇爲有的是源源活水——取之不盡、用之不竭的充沛精力。

而這一刻，當智慧和喜悅引導他們的小腳來到這兒，又是什麼改變了他們的氣質，約束了他們的行爲，收斂起他們頑皮好動的天賦？看他們三三兩兩，成羣結件而來，有的是兄弟姊妹，有的是街坊鄰居，有的是同學好友，一路也曾嘻嘻哈哈、推推攘攘，待臨近門口，便自然而然放輕腳步，屏息寧聲，一個個安安靜靜地走進去，走進綠色的和諧，走進寧謐的氣氛，像一滴滴雨滴，溶入一泓清澈明淨的池水裡。書架上一疊疊七彩精印的故事書正親切地招呼著哩，打從小心眼發出默默的歡呼，眼睛煥發著光采，腳步輕快趨前，小手旋揀旋取，每一冊未曾看過的都是一些奇妙的寶藏，一座豐富的礦山；小心翼翼地捧著寶貝，找一個舒適的位子坐下來慢慢地發掘。生動鮮明的圖畫是那麼可愛，魔法似的字粒更是引人入勝，就那樣一粒粒串疊起來，便組成一篇篇動人的故事，一則則有趣的寓言，一首首美麗的小詩，一個個好笑的笑話，小心靈浸潤其間，跟著高興、跟著擔憂、跟著快活、跟著焦急！那是個多麼、多麼親切可愛的世界！原來所有的動物、花草、星星月亮，山水泥土什麼的，都有它們多采多姿的生活，堅韌向上的生命。有光輝的時光，也有生長的艱辛，而那些溫柔的公主，勇敢的少年，好心的仙女，公正的老公公，仁慈的母親，正直的孩子，善良的人們，以及糊塗蟲，壞蛋，戇大……所發生的各式各樣故事，就是用天上的星星來計數也數不清。

看他們端坐在椅中，支肘在桌上，倚靠著柱子，俯伏在平台，就那麼靜悄悄地遠離現實，潛入另一個充滿夢幻、神祕、冒險、驚奇、歡樂的美妙世界；以心靈的語言和動物、和大地和風雲星辰說話，以赤子的眞純跟花、跟草、跟小鳥做朋友。而那副心無二用、自得其樂的憨態，那一會皺眉一會發笑的傻相，那種一本正經而又稚氣十足的表情，那種聚精會神、沉迷如癡的小模樣！

更是鮮活可愛的大書，生動美麗的圖畫！噯，我讀，我欣賞——

蓬鬆的短髮覆著眉眼，胖嘟嘟的臉頰下巴還帶個窩窩，儘管桌子那麼矮，短短的胳膊還吃力的抬起來擱上桌子，雙手捧著本書像架小屛風似的遮在面前，那樣小一個小不點，一準還沒唸過ㄅㄆㄇㄈ，卻看得那麼入神，是三隻小熊抑或是三隻小豬呢？能有隻毛茸茸但不是絨布做的小熊好好哦！

那張臉看來就透著點頑皮，小鼻子翹翹的，好像隨時會從鼻孔裡不屑地哼一聲，否決一切，那一撮短髮也有點桀驁不馴，一會臉靠著手肘，一會下巴擱在手背，人和書的姿勢都時常變換，祇有眼睛盯得牢牢地，想是《湯姆歷險記》中那個跟他一樣頑皮的主角對了口味，活躍的小心靈也跟著去探險犯難了。

天上的星星，地上的小花，還有，那小女孩瑩澈的大眼睛，有什麼比這更美的？同情和仁慈的閃耀，又更添注了盈盈柔暉，是擔心那個善良的白雪公主會被騙吞下那枚毒蘋果，還是生怕可憐的灰姑娘從王宮回家的路上被耽誤了，華麗的金馬車將變還大南瓜？

那麼渾圓渾圓一個小平頭，眞像個熱帶椰子，配上結結壯壯的身子骨，厚敦敦的憨相，活脫是運動家的雛型，口袋裡鼓鼓的不知是彈弓，泡泡糖，還是一隻青蛙？不過這一刻這些寶貝似乎都不在他心上，淘氣的木偶皮諾丘才是他最關心的，爲了逃學被人變作驢子耍，眞是划不來！

多麼沉靜，多麼端莊，那個小姑娘坐得挺挺的已有了淑女優雅的典範，長睫毛在柔嫩的臉上微微閃動，顯得那樣用心，厚厚一冊是《小婦人》罷，四姊妹間有著多少親愛感人的故事！也許是《苦女努力記》，那女孩從苦難中奮鬥過來，又多麼令人感動！

不嫌重了些嗎？那樣大一副鏡框架在清清癯癯的臉蛋上。小小年紀就爲心靈的明窗加上了玻璃。準是個小書獃、小書迷，還是個小學究！聚精會神是在研究孫悟空怎樣一個觔斗十萬八千里，竟翻不出如來佛的掌心，還是思索小飛俠彼得潘怎麼能永遠不長大？嗨，眼鏡都滑下來了，快托一托吧。

好安逸喲！那圓臉女孩雙手支著下頦，俯伏在平台上。白紗裙襯著綠毯，像春天的雛菊綻開在草坡，朦朧的眸子似夢似幻，想是被愛麗絲的小手牽引到一個奇境：沒有身子的貓臉，撲克牌皇后，兔子的小屋，還有喝了縮小的藥水和還原的香菇，眞眞假假，又怎不教人目眩神迷？

哈，看得那麼入迷，連大門捎走了都不知道，那個傻小子咧著嘴，露出缺了門牙的洞穴，獨自笑得好開心。一定是看到自命爲遊俠騎士的唐・吉訶德，穿戴了鎧甲頭盔，騎著瘦骨稜稜的馬，去攻打他心目中的長臂巨人——那些轉動著的風車。相信嗎？世上就有那種可笑又可愛的傻瓜。

……

天上有數不清的星星，人間就有數不清的童話。地下有挖不盡的礦藏，世上就有掘不完的故事。它們是從原始純樸的智慧、不滅不朽的人性、生命的奧祕、天眞的欲望所蛻化的奇蹟，是人類一代代祖先遺傳給後代的，懷念和憧憬的弦琴。當琴弦輕撥，愉悅的旋律便引領心靈神遊於一個奇蹟世界。在那裡一切生命如朝曦初上，光芒萬丈。所有事物未經世俗沾染，明淨純潔。那是孩子們的伊甸園。幻想和夢在那裡實現，仁慈在那裡播種，愛在那裡滋長，希望的花朵在那裡開放，小小的心兒在那裡馳騁。更汲取智慧的養分，潤澤純稚的心園，儲藏「甜蜜」，和「美」，在未來「回憶」的倉庫。

好羨慕你們，幸運的孩子！但願數十年歲月祇是段眞空，許我進入時光隧道。退回你們的時代，與你們共遊這可愛的小樂園，共享這安靜的小天地，也讓童話故事引領我進到純樸智慧的境界！

（中央圖書館兒童閱覽室）一九七五・二・九

火樹銀花不夜天

鎢金似的天宇，莊嚴神聖。
墨晶似的蒼穹，遼闊深邃。
大理石似的天壁，潔淨瑩澈。
藍絲絨似的長空，溫潤光澤。
黑暗中，多少發亮的眼睛殷殷盼待。
莊穆中，多少雀躍的心屏息期待。
寧靜中，多少歡欣的人翹首以待。
市囂杳遠，萬籟無聲，水流悄悄潛行，時光悄悄運轉，生命悄悄進展……

突然間，彷彿春雷乍響，轟然一聲，驚天動地，震撼山河。耳朵還來不及辨認巨響來自何方；眼前卻驀地一亮，瞿然出現了奇景。就在那深不可測的虛空，蒼茫縹緲中似乎有一個隱形的天神，擎起如椽魔筆，蘸滿熾熠火花，飽吮鮮豔顏彩。龍飛蛇舞，筆尖一路迅疾遊行。亮晶晶勾勒出星星寶座，光燦燦砌疊成鑽石蟠桃，一瞬時光芒四射，歡呼沸騰。好一座壯碩豪華的「蟠桃獻壽」！熠熠星火更點燃起「萬眾一心」，獻出崇敬，獻出歌頌，獻出祝福，獻出赤子之忱：祝願中華「國運興隆」，「萬壽無疆」。

慶典的序幕堂皇揭開。巨炮隆隆，響徹雲霄，炮竹脆亮，串貫不絕，人們的歡呼掌聲，迴盪在城垣，四鄉，山嶺，水湄。火花彩焰，燎亮了十月的夜，炮聲人聲，震撼了十月的夜。宇宙之神驚醒了，撥開雲幃，挽起霧幕，俯瞰人類又怎能巧奪天工，把黑夜渲染成彩畫，掠美日月星辰！

雷隨電起，聲光砉然，隱藏的神筆猛然劃向高高的蒼空，倏忽間墨晶體上迸發一束束亮麗花束，旋又宛轉展放。五瓣一朵，五朵一束，正是我們高貴的國花。紅裡帶綠，黃中滲紫，藍中間橙的花瓣盈盈擴漾、拓散，又一朵朵迭連綻開。疊影雙雙，交相輝映。恰好是「五福並臻」。

銀光閃閃，綠影耀眼，一粒粒光球彩珠躍升空中，轉瞬變作翠竹挺秀，修篁招展。一支支當空玉立，一叢叢疏朗有致，才「梅開五福」，又「竹報平安」。

清朗寰宇，遽然又是大股大股濃豔的色束，從四面八方噴射爆開；一株株蘭蕙，一簇簇繡球，一叢叢朝陽花，一串串紫羅蘭……冉冉飄放，輕盈吐蕊，萬紫千紅，爭妍鬥豔，眞箇是「花團錦簇」。

聚攏又飄散，落英甬歸溟濛，幽黯中旋即迸發更多更鮮豔的繁花，一波疊一波，如浪潮般從半空湧升，向四周氾濫，億萬朵花的浪，億萬朵光的泡沫，翻滾展揚，閃耀著綠的翠，紅的豔，黃的燦，紫的姹，金和銀的炫……「百卉含英」，「百花吐蕊」，「百花朝陽」，「百花獻瑞」。好一片花海浩瀚！而花浪泛漾，花潮四溢，密密鋪展，漫漫延伸。光之泡沫化爲夜明珠，化爲金剛鑽，化爲霓虹，化爲七彩寶石，珠光寶氣、堆錦疊彩地綴飾成一個「錦繡大地」。

正目眩於花海之繽紛，神迷於花潮之絢爛，浸潤於花雨之飄灑，突然一聲長哨劃破空間，一支銀箭直射九霄，鎢金似的天壁亮起一顆灼灼巨星，銀光璀璨，柔暉撲面，長哨聲聲相接，銀箭連連噴射，一霎間滿天閃爍著一顆顆巨星，高懸起一盞盞明燈，照耀如白晝。正是「吉星高照」，「光照寰宇」。

行星循環隱退，活潑潑的彗星乃又四出流竄，閃著華美的光采，超越音波，超越光速，電光石火般掠過天際，貫穿雲霄，你來我去，此起彼落。一道道光經彩緯縱橫交織，織繡得絲絨似的夜空「五彩繽紛」，「光輝燦爛」。

彗星陽剛有力的金屬蝕刻畫剛收下，馬上又展出了巨幅生機蓬勃的動畫，一團又一團曳著鳶尾的火焰直衝蒼穹，這一支昂首噴火，騰躍衝刺，一如蛟龍蜿蜒遊騁；那一支盤旋迴繞，長尾展曳，宛似鳳鳥輕盈飛舞，祇見銀鱗璨璨，彩羽翩翩，祇耀得人眼花撩亂。好一幅美妙生動的「龍飛鳳舞」。

縹緲太虛，幾時又變成春日翠堤；一眨眼竟栽植如許閃閃發光的垂柳！綽綽約約，婀娜多姿。一絡絡銀綠柔絲嫋嫋飄拂，一縷縷亮翠纖枝嬝嬝款擺。千絲萬縷，繚繞縈迴，柔情依依，綰住點點星斗，又悠悠逸逸自天垂落。「翠堤垂柳」，好長好長的柳條兒！

仰首矚目於天空千變萬化的彩焰，猝不防腳畔靜悄悄的河水也沸騰湧升，瀑布突起，湍急奔流，銀泉濆注，激越沖瀉。一時珠璣四濺，浪花迸射，濛濛白霧中，紅珠綠珠跳盪騰躍；是「銀泉吐珠」。金星銀星飛掠流竄，乃「銀河瑞星」。

河水奔瀉中，又逢高潮迭起。水流轉急轉猛，洶湧澎湃，氣勢磅礴。瀑布兩端猛又噴出擎天七彩巨柱，上下竄躍升騰，虹彩飛揚，半天裡白霧銀火。霞蔚雲蒸，飛瀑怒潮滾滾滔滔，有如萬馬奔騰馳騁，浩浩蕩蕩，又似貝多芬雄壯豪邁的英雄交響曲，挾著強大的撼動力，震顫心弦。「銀河飛瀑」，竟如此令人神爲之懾，氣爲之奪。

一幕幕神奇，一次次驚訝，一齣齣壯觀，一次次激賞，一陣陣高潮，一次次震撼。亢奮已達頂點，激情已達巔峯，炫惑奇妙的感受如夢如醉，白熱化的氣氛如熾如灼，當最熱烈高昂的一次爆發，巨炮以雷霆萬鈞之勢隆隆猛轟，鞭炮齊鳴，光焰交閃，一簇簇火樹銀花「直上青雲」。一疊疊光彈彩球奮躍霄漢。一剎那光色迸射，雲彩奔騰，滿天鳶飛魚躍，龍遊鳳舞。天上地下百花爭放，花雨繽紛，花海起伏，流星若飛揚的音符，譜上電閃，虹霓似彩色的旋律，組成撲朔迷離——光華燦爛，瑰麗生動，氣魄雄偉，聲勢奪人，正讚不盡神奇壯觀，彷彿天撼地動，四周又猛升起萬丈光芒，沖向萬里長空，照徹宇宙，照亮人心，照耀雲彩花海，更普照世界大同。喜氣洋洋，歡欣鼓舞，羣心歸依，歌聲雷動：

「普天同慶」！

「薄海騰歡」！

宇宙之神也不禁嘆爲觀止，悄悄放下雲幃霧幕，天宇一脈莊嚴。

燦爛的十月之夜，豪華的十月之夜，瑰麗的十月之夜：且留下祥雲瑞氣，留下硫磺和硝煙的芬芳。

帶走滿眼光彩，滿腔激盪情緒，滿懷祝賀衷誠：
哦，十月，光輝十月；國慶人瑞，日月光華，山河並壽！

（國慶煙火）一九七四・十・卅一

莊嚴的語言

白圖多對米蓋朗基羅說：
雕塑，那是種莊嚴的語言。

是一種感受，一種意識，一種思想，一種心象，一種意欲，使之存在，佔有空間，成爲凝結的形態。

是一種信念，一種勇氣，一種精神，一種氣魄，一種力量，使之具體，佔有空間，成爲固定的狀態。

是一種感情，一種概念，一種渴慕，一種嚮往，一種憧憬，使之有形，佔有空間，成為不變的姿態。

是一種動作，一種行為，一種過程，一種情況，一種反應，使之再現，佔有空間，成為持續的動態。

是一種構想，一種追求，一種創新，一種突破，一種奉獻，使之表達，賦予空間永恆延續的生命。

莊嚴的語言：表達言詞所不能表達的持重、肅穆、端莊、尊嚴，敘述文字所不能敘述的生命的意象，內心的衝擊，思想的旋律，精神的提昇，無聲勝有聲。

觸覺的藝術，實體之存在，可以觸摸，可以感覺；空間的架構，可以瞻仰，可以環視，更超越平面的視覺藝術。

從古希臘羅馬到現代，從米蓋朗基羅到羅丹，從單純的形態雕塑到空間造形的境界，從原始的玄奧、神祕、野蠻、魔幻，充滿神話色彩的東方古藝術，到具有現代意識，展示出衝力、動盪、掙扎、不安、迷失、成長與變動，走向多次元表現的前衛，未來派，抽象造形，景觀雕塑……種種雕刻變貌。

雕塑者獻出心力，付出技巧，揉入性靈，融進觀念。鎚鑿塑捏，千錘百鍊，乃化朽木爲神奇，賦泥石以生命，使堅固的頑石，冰冷的金屬，鈍拙的原木，鬆散的泥土，賦有新的風貌、新的韻致，從深山絕崖、荒原幽壑中脫穎而出，以傲岸卓絕姿態，屹立於人類的世界。使易碎的玻璃、輕脆的塑膠、柔韌的纖維、化合的金屬，具有新的形象，新的光采。自機械熔爐，燒窟模型中搖身蛻變。以超然獨特的丰儀，兀然挺立於無窮時空。

而木、石、黏土、金屬、化學成品，任何原始的物料或科技的材質，供雕塑者完成思想、情感、心象、意欲的具體表現，展示出美與力的眞象，成長與變動的韻律，以及刻畫出人性的尊嚴與浩然之氣。融貫了抽象與寫實，融合了原始、現代，以及未來。

進入古色古香的軒敞樓榭，進入恢宏高雅的文化殿堂，進入古典的現代，現代的古典，那莊嚴的語言便默默地回響在雕欄彩簷的畫廊，悠遠地激盪於紀元前到二十一世紀的時空：

那裡，一艘斧鑿鈍拙的木船凌空行駛，彷彿正被波浪高舉，顛簸起伏。船上四個划槳的青年，有的偃伏閃躲，有的舉臂攔擋，有的伸手防禦，有的側身迴避，看似驚險萬狀，一臉恐惶，卻都凝注前方，沉著與風浪搏鬥，顯現出無比堅韌的生命力；自瞬間的臉部表情及反應動作，構成一股震撼人的壓迫感，幾乎可以感受到四周掀起波瀾萬丈，浪濤洶湧，小舟正面對狂風駭浪逆流前進，正是：「我當激流，不撓不折，同心共進，風雨同舟。」最具體的見證。

把握住一刹那的緊張情緒，捕捉到瞬息間的行動高潮，那一座「安全上壘」，一壘手猛然俯衝向前，伸雙手搶球，盜壘者卻已一溜煙就地滑倒，順勢自胯間疾竄一腳直觸壘包，小小人形所表現的矯捷身手，靈活動作，機智反應，及優美姿勢，恰如青春健康的生命之源泉，奔放洋溢，如此生動、緊湊、扣人心弦。

年輕的漢子穿一身代表國家榮譽的戎裝，手裡緊握的卻是鑿石挖土的十字鎬，那樣專注而又從容地揮舞著。一旁是精神矍鑠、拄鋤小憩的老農夫，正比手畫腳熱切地向面前那肩著鐵鍬、一臉渴望的少年述說什麼，是同心合力墾拓田園，開發資源，抑是建設國防？好一座「全民建設」和穆的氣氛顯示出人際的和諧，融洽，團結；更塑造出明日天清地朗，國泰民安的美麗遠景。

腦後梳一個鬆鬆的髮髻，老花眼鏡高高地架在鼻樑上，緊抿著微癟的嘴，嘴角一道道堆疊的皺紋裡便洋溢著無限慈愛，不盡關懷。那盤膝而坐，手中拈著針線正聚精會神縫紉的老婦，不正是人人都熟悉的形象：天底下億億萬萬母親的典範，偉大的愛的象徵！噢，是哪個天涯遊子，將內心拳拳的親情，深深的感恩，殷切的懷念，全一絲絲、一縷縷，銘刻在這座黑檀木的「慈母手中線」上，籠罩著如許濃濃的鄉愁！

山嶽站著，靠它深厚廣大的基礎，樹站著，靠它自己的根和幹，人站著，靠他自己的脊骨和力量。「魄」所表現的正是人昂然挺立於地球上的美與力，強壯的體格，堅毅的神態，豪邁的氣魄，從厚實的木質裡滲透出人類原始粗獷的生命力，撐持日月，俯臨河山，有似米蓋朗基羅「大衛」像的第二。

好一隻角稜稜，富有骨感的擎天巨掌，自黑色生存的基部高舉、伸展，伸向自由，伸向完美，伸向人生最高理想，伸向某種未知。「從黑夜到天明」，塑造一個具體的宣言，一個有力的指示。是一種期許，一種追尋，一種突破。是人對所生存世界的超越。

誰能納繁複的生命於單純？是那以一種厚實的橢形原木，飾以微妙的凹凸變化，簡單柔美的線條，便儼然構成擁愛兒於懷中的母子蹲像的雕塑者。頭部正中一隻無瞳的雕空獨眼，竟傾注如許愛憐於懷中嬰孩，每一條清晰的木紋裡都湧現出深執的「親情」，而整個優美圓熟的形象，又呈現出如此滿足、安詳，蘊含著無限生命成長的愉悅。

沉沉的黑檀木琢磨得有如大理石的光滑細潔，又溫潤如玉。自腳趾到反合在頭頂的指端，柔潤的弧線勾勒出「裸舞」精緻優美的形體，迴旋、圓轉、揉升、沉醉於音樂的旋律，動作的韻致，讓體內燃燒的情熱，化做生命歡樂的擢升。與這「動」態正成爲對比的是「嫦」的「靜」態，長裙盈盈及地、嬌姿優雅地斜倚小憩，低眉、俯頰，一手輕按膝際，顯得嫻靜而安逸。同樣是雕塑者手下一些柔美的線條，不同的構想，賦予截然不同的形態：一個是現代的奔放，一個是古代的含蓄。

「自由的飛翔」，卻是五把生鏽的大花剪，那樣巧妙地重疊架立，鑲嵌銲接，居然就製造出那股騰躍的勁勢，那種展揚的氣氛，讓人感受到一翼沖天，自由飛翔的意向。

從原始的印第安圖騰、非洲黑人雕像、古希臘雕塑、東方的神像、中國的彩陶……到現代的抽象造形，雕塑，這莊嚴的語言，一直是通行世界的語言。它生動地述說人類的文化、思想、生活、信仰、風俗……自遠古，直到如今。

（歷史博物館雕塑展覽）一九七五・十二・十五

剪一幀「萬象春回」

剪出一點慧心，剪出一份巧思，剪出一種崇敬，剪出一片赤忱。

剪出虔敬的信仰，剪出誠摯的祝福，剪出樸素的願望，剪出單純的喜悅。

剪一季豐收，剪一年吉祥，剪那歌舞昇平，國泰民安，剪四時美景，剪風調雨順，剪那福慶有餘，積善之家萬萬年。

剪一尊神祇，剪一尊菩薩，剪那普渡眾生，佛法無邊；剪忠孝節義，剪神話故事，剪那歌功頌德，百世流芳。

那古老又古老，東方又東方，中國又中國的民間剪紙藝術，起源於我國遼闊廣袤的領域，孕育自歷史悠久的傳統文化，發祥於炎黃子孫善良的民風與宗教信仰，根植於中華民族特稟的天賦與本能。沒有著作，不用印刷，更不需教學和推薦。自小耳濡目染，看在眼裡，記在心裡，加添一點自己的創意，一剪刀、一剪刀，默默地流傳下來。不是宮廷藝術，不是學院課系，也不是什麼「家」嘔心雕琢，祇是多半出自女性細緻的慧心，美的本能，和一雙巧手——有書香宅第的大家閨秀，沿街淺戶的小家碧玉，莊稼田舍的農婦村姑，耄耋的老祖母，年輕的主婦，小姑娘，以及民間平凡的愛好者。一剪刀、一剪刀，剪出人們共同的願望，眞實的感情，淳厚的生活風習，原始樸拙的趣味。

歲朝吉慶，預占佳兆，剪一幀「萬象春回」、「龍年卜太平」、「三陽開泰」、「五福臨門」、「喜上眉梢」、「金玉滿堂」、「松鶴長壽」、「百年和合」、「三星照戶」、「年年有餘」。祈求生活吉祥、如意、平安、美好，原是人類最初最樸質的願望。

良辰佳節，鼓舞歡欣，剪一幀「龍戲珠」、「舞獅」、「鬧元宵」、「團圓宴」、「龍船競渡」、「乞巧圖」、「嫦娥奔月」、「玉兔春靈藥」、「百子嬉春」、「放炮竹」、「家園樂」、「重陽放風箏」。善良繁富的習俗，正代表一個古老民族敦厚淳樸的民情。

日出而作，日入而息，剪一幀「春耕圖」、「漁家樂」、「嘉禾生春」、「牧童騎牛」、「綉女」、「柳浪聞笛」、「敦親睦鄰」、「課子圖」、「漁」、「樵」、「耕」、「讀」四季圖。勤奮和休閒，譜出農業社會單純、安逸生活，恬適和諧的節奏。

愛好自然，喜愛動物，剪一幀「百花獻瑞」、「石榴多子」、「牡丹富貴」、「竹報平安」、「梅開五福」、「松柏長青」。剪一幀「好鳥枝頭亦朋友」、「龍鳳呈祥」、「鹿鶴雙仙」，「麒麟送子」、「福祿鴛鴦」、「祥龍呈瑞」。字義和物體鑄在一起，愛心及祈福相互交融，已是物我渾融的境界。

人性至善至美的尊崇愛慕，佛法嚴正慈悲的敬仰頂禮。剪一幀「忠義千秋」武聖關公、「正氣浩然」文天祥、「孝勇雙全」「木蘭從軍」。剪一幀笑口常開「彌勒佛」、大慈大悲「觀世音」、嚴正無私「玉皇大帝」，這就是中國人四維八德的倫理思想和虔誠的信仰。

一剪刀、一剪刀，巧妙地把字和字重新排列組合，凝成「歲歲平安」、

「招財進寶」。把字和物重疊穿插混合，配成「福（蝠）慶（磬）有餘（魚）」等斗方。一句句吉祥佳句顯得那麼四平八穩，堅固扎實。將字的意義和象徵融爲一體，字的諧音和物體鑄成一起，「喜（鵲）上眉（梅）梢」，「四季（月季）平（瓶）安」。一張張吉祥畫又多麼生動諧趣，剪成大大小小、各式各樣的字和畫，便貼在門扉、窗櫺、床檔、牆壁。裝飾在器皿用具上，點綴在供盅果盤裡，把願望、歡欣、祝福散佈在生活四周，如同將陽光撒佈於居室住所，處處溫馨飄溢。

剪紙字畫，線條簡潔圓熟的，有著纖柔勻稱的美，造型粗疏素樸的，具有樸拙原始的風味。但不管南方的溫柔、北方的豪放，同樣都有著突出、明顯的主題，天眞地、直率地訴說著相同的願望，眞實的感情，虔誠的信仰，無邪的歡欣，赤忱的愛心。自然地、眞實地表現出生活的勤奮、安逸、悠閒、情趣。帶著濃濃的鄉土氣息，獨特的地方色彩，帶著歷史性的醇厚，傳統文化的芬芳，與那古老民族的特性、感情、思想、信仰，一脈相連。

剪不盡五千多年歷史文化豐富的寶藏。

剪不完五千多年優秀民族蘊厚的內涵。

惟有，惟有歷史最悠久，領域最廣闊，文化最高深，民族性最堅強，傳統習俗最根深蒂固的中華民族，才能產生這般優秀的民間藝術，擁有如此豐富的民藝資源。

祇是，幾十年外患內憂，烽火摧毀了生活的安逸，這份閒情雅致似乎已逐漸被終日惶惶碌碌的人們所遺忘。

祇是，近年來工業突飛猛進，人們執迷於物慾的追求，這份珍貴的文化遺產，似乎正漸漸被機械文明所淹沒……

龍，這東方的瑞祥：當龍年龍騰之時，東方的性靈也隨之怵然擢升於物質的污染。猶如春雷驚蟄，衰微中的剪紙藝術甫自冬藏中復甦。卻從民間、家庭，堂皇地進入文物精華薈集的歷史博物館，而且即將遠渡重洋，把古老中國民藝的風采和幽香，散播到海外世界。

濃濃的鄉土氣息瀰溢於畫閣迴廊。那些久暌的剪紙圖形，帶著如許親切感，恍惚又喚回了過去美好的時光。那生動的「舞龍」、「鬥雞」，威風凜凜的

「黑白二將軍」、「威鎮門戶」、「甲辰門神」、「武聖關公」、「魁星占元」，兩老相對作揖賀年的「恭喜發財」，六位笑臉神祇「天官賜福」，神態唯妙唯肖的吉禽瑞獸「鳳凰」、「孔雀」、「麒麟」、「石獅子」、「雙鳳」和「四鯉」的圓形，還有形狀不一，「竹報平安」，「麟趾呈祥」，「梅蘭竹菊」等好些幀圖、字鑲嵌的「窗花」，依稀賦有傳統的風格，纖柔圓熟中揉合著原始樸拙的趣味。

「紅梅多結子，綠竹早生孫」，參差交織的梅花竹葉中湧現一張張稚眞的孩兒臉，溫馨可愛。「好鳥枝頭亦朋友」，「菊花與小鳥」，花叢中小鳥雙雙對對，一襯以粉紅蔴織品，一黑色鏤空卻以淺綠絹裱紙顯示物體，使畫面突出而饒有圖案的風格。

頭上頂甕的少女「頂上功夫」，流星錘的女孩「溜錘」，腳上玩木桶的女人「頂」，表現出力與均衡的美，「木蘭從軍」白馬騰躍，英姿俊逸。「牧童與村姑」，相互呼應，舞姿優美，「回娘家」推著獨輪車送媳婦回娘家卻戴一頂現代的一把抓絨線帽，詼諧有趣。這些取自過去生活背景的素材，摻與新的手法，給予一種生動的韻律感。

花朵和綵帶飄拂飛舞，仙姿綽約的「花之神」；合掌端坐蓮座，繞以香花朵朵的「佛」，頗有敦煌壁畫的情調；少女策馬繽紛的梅花叢中，「馬蹄香」典雅中有詩意的感受。

「伴」三隻紅嘴，紅粉胸脯、腳肢，黑背的鳥，襯以灰綠、淺藍色布紋紙。層次分明，有立體感。「企鵝」也是三隻側立彷彿正喁喁對話狀，黑線條紅喙藍眼，神態儼然，很有靈氣。「鴛鴦」，悠然相依微波中，半襯水藍色迴紋桑皮紙，有如漣漪擴揚，這三幀畫面優美神韻十足，簡單的形象中寓有無限生機。

「心聲琴韻」，「問女何所思」，古典仕女已是現代風味的剪貼畫，「苗峒月夜」、「阿里山之歌」、「山胞杵歌」，全是山地生活的現代造型。「民康物阜」戴笠帽低眉淺顰的現代村姑，正俯視耕作圖，四周圍繞以農產品、家畜。是這一時代的眞實生活剪影。

一系列風景建築人物剪紙，蔣總統傳自城樓飛簷、忠孝傳家的「武嶺晨曦」

到「以寡敵眾」，革命精神「嘉陵巨浪」「蔣山長青」到「太武雄風」，以及十項建設高速公路、台中港等，構圖很美，氣魄雄偉，線條勻淨、工整穩重，卻更像木刻版畫。

鄧老太太一連串剪紙包括神話故事、民俗、動物和即興之作，古拙、稚氣而十分俗豔，顯出童心未泯和樸拙的趣味。

典雅合宜的裱襯烘托得更生動突出，是新的貢獻，但太多新的觀念、手法、刻意雕琢揉入原有的風格中似乎減損了傳統淳樸醇厚的特色。如同保留過去美好時光的回憶一樣，何不一面多保留那些原始樸拙的純民間藝術，一面再融入新的觀點、新的創意，拓展未來脗合這一時代生活習俗的創作；讓這份可貴的剪紙藝術從民間進入文化殿堂、學校課室；又從學府殿堂回歸民間，更普遍的發揚擴展。

祝「祥龍呈瑞」，且剪一幀，

「萬象春回」！

（民間剪紙藝術展出）一九七六・二・除夕

輯二

藝術步入生活

從起點出發

從起點出發，不必走動，卻享有凌風駕雲的速度。

從起點出發，不須移位，卻擁有任意馳騁的空間。

從起點出發，地球的面積似乎縮小了。因爲轉瞬間便自甲地到乙地、自郊區到達城市。

從起點出發，生存的空間似乎擴大了，因爲短短數十分鐘，便縱貫城鎮，橫越市街……

而在這奇妙的生存空間，在這超越時光的速度中，是主人也是過客，是欣賞者也是巡閱使。可以入世探訪，也可以超然物外。

領略這份馳騁的情趣，祇要費戔戔之數一張車票，乘上隨時待發的一輛公車，可以選擇任何一個目標，一路直赴，也可以順著行馳的方向，隨興之所至。

隨興之所至，揀一個晴好的日子，揀一個不是擁擠的時間，揀一個臨窗的座位，可以擁有一望無阻的視野，可以擁有整個活動的空間。可以無視於車廂裡的騷擾擠軋，可以控制窗扇、調節空氣、任意召輕風呼太陽。當車子一開始行駛，便放鬆心情，把自己付託出去。讓生命的活動靜憩，讓輕逸的思想雲遊。任由感覺去感覺，意識去意識。迅疾的速度有似醇酒淺酌，浸沉其間，使人感到微醺，感到薄醉，而車行的韻律是一支持續不變的進行曲，和著脈搏的跳躍，心的律動，彷彿已合而爲一。

寒冬季節，揀那太陽照臨的一邊，一路沐浴在溫暖的冬陽裡，想像自己是一尾游魚，趁著春江水暖，順流而下。悠悠忽忽，潺潺湲湲，流向陽光之海，時間的大洋。流向滾滾的長江，靜靜的蘇州河。

春秋時分，迎風向陽都無妨，秋陽煦和吻頰，春風吹入襟懷。眼看世界紛紛後退，想像自己是匹駿馬，御風揚蹄、穿越煙塵，馳騁於陽光大道，騰驤馳騾，奔向莽莽大野、青青草原。馳向萬壑千峯，無垠的時空。

炎夏溽暑，早上最好。敞開車窗，和風撲面，散髮飛揚。想像自己是隻鳥兒，翼生雙腋，駕著清風，沖上晴朗天宇，自由翱翔，順著氣流，展開心之雙翅，輕盈的飄向樹梢。胸中全無罣礙，紅塵祇是雲煙。

也有風風雨雨的時刻，涼風輕拂，沁入心脾。細雨霏霏，飄灑在臉上，給人一種被淋洗的清新和潤澤。雨密時，千絲萬縷織成天羅地網，雖在網中，卻透網前進，窗外景物隱隱約約，若即若離，憑添一份朦朧的神祕，淒迷的美。車中人默默凝神，彷彿已溶入迷惘，化做詩情一片。

當風雨交加，豪雨如注。濃濃的濕霧堵塞前後左右，穿霧破雨，祇在重圍中。司機小心把持，緩緩行進。龐大的車身也被狂飆急雨吹打得搖搖晃晃，車廂內卻保持乾燥、安全。且閉目養神，想像自己還是那個小嬰兒，躺在搖籃裡。母親搖搖籃的手，擋住了世上一切風暴。

當夏天的風暴突擊，一霎間驟雨滂沱，雷電閃襲。周遭漆黑，車子彷彿陷入混沌中。而每一記從高空劈下的霹靂，似乎都將擊碎車子的鋼甲冑把乘客擊成齏粉。馬達失聲、人人噤默，速度與時間膠著，每一道閃電卻可能引爆……待安然抵達，不禁慶幸逃過一次天災浩劫，經歷一次驚險衝刺，高興又重新回到起點。

從起點出發，揀一個晴好的日子，揀一個不是擁擠的時間，舒舒閒閒，穩坐窗畔。車行如風，大千世界在展示，文明在展示，風景在展示，人也在展示。

高高低低，參差矗立兩旁的建築物，可以當空間的立體具象藝術觀賞，也可以當城市發展進化史披閱。那磚瓦斑駁、樸拙古老的平房，可以想像很早以前人們蓋它，祇爲在地上圈一角遮風避雨，小小溫暖的家，或謙遜地經營一份事業謀生存。當物質文明越發達，人類的野心也越大，嫌佔據地面不夠，更向空間拓展，一幢幢高樓巨廈竄上半空。冷峻、矜傲、炫耀著各種造型的美，哥德式、羅馬式、歐美式的屋頂有異國情調，而樸拙的老房子，予人親切踏實的感受。古榕修竹掩映著一角飛簷紅瓦，更牽引人回到悠久的東方文化。

懸空的、立體的、或橫或豎的招牌，一路殷殷招呼，有的實實在在自我介紹是什麼行號，什麼公司，有的謙遜的告訴人提供什麼服務，什麼小吃。有的誇耀是什麼中心，有的狂妄地自封是什麼大王，天下第一……語氣不同，目的一致，祇是告訴人它們所以存在，隨時提供社會大眾生活的需要。

每一條陌生的路口，都是一種誘惑。常引起探勘的衝動，不知坦蕩的道路伸展到哪一個方向；每一條幽深的巷衖，都是一種神祕的未知數，常引起步行的欲望，不知曲折的長巷通向何處？一瞥之間：路的那端一抹隱隱約約，若斷若續的遠山，一團如火如焚、將墜未墜的落日。巷內那一幢綠蔭涵蓋，披覆著爬山虎的翠屋，那一座蒼榕低垂，瓦楞間憩睡著黃貓的屋脊，都令人心嚮神馳，永懷難忘。

綿延無盡的道路和建築祇是鋼筋和水泥，而路樹，給這一切添注了生命。儘管侷促地生存在泥磚密封的小小洞穴，儘管長年累月受煙塵污染、灰沙蒙蔽。樹羣毫不畏懼地挺立成長，深深植根在瀝青砂礫下的泥土，婆娑弄影於車水馬龍的安全島與人行道上：大王椰英姿挺拔，招展迎風，茄冬濃濃郁郁，垂拂留情，油加利軒昂出眾，鮮亮的葉片閃閃發光；蒼勁的老榕樹總被修飾得儀容端莊，憨厚的橡皮樹那深淺不一的大葉子，就像現代的畫面，最是風骨稜稜；傲岸不羈的木棉樹，光禿禿的枝椏上竟迸發出火燄般的花朵……每一種樹有它自己的風貌，一路上，全似守護神般肅立兩旁，撒下一抹蔭涼，播散一片祥和。還有安全島上一些灰撲撲最不起眼的矮枝，忽然間盛放紫、紅、粉、白的杜鵑花，當車子穿過夾道花徑，通過杜鵑甬道，那一叢叢花團錦簇，就在眼皮底下，鼻子底下，輕疾滑行。車速變成翅膀，恍惚自己就是蝴蝶，就是蜜蜂，逐朵逐株淺逗俯掠。

紅燈亮時，以龐大之軀，雄蹲十字路口，居高臨下，憑窗俯瞰車羣，摩托車是敢死隊，專門鑽縫罅、軋空檔，計程車、小轎車各逞神通，擠擠攘攘、密密麻麻；就像沙漠奇觀拍攝的，那些蠕蠕蠢動爬行的甲蟲和螞蟻，而這是文明奇觀的現場製作，車中人體會到真切的臨場感。

而那些臉，那許許多多排列在站上的臉，行駛時一張張滑過眼底，像一頁頁翻過去，停靠時便坦率展示眼前。人經常用衣服遮掩住沒有表情的軀體，卻讓洩漏自己祕密的臉裸露在外，不知不覺地寫著思想和感情，寫著冷漠和矜傲，寫著熙灼和不安，寫著疲倦和煩躁；生活經歷和歲月更在皺紋裡刻下了不可磨滅的紀錄。窺視別人的祕密實在不敬，但不想讀也得讀。公車人生，正是現代人同時享受機械便利與精神壓力的寫照。

倦遊歸去，將近黃昏。空氣污染，已不及早上清新。煙塵迷濛裡，忽然冒出一注注鮮明的黃色潮流──是戴著黃帽子、背著黃書包的小學生，像數不清的黃菊花，浮動在光和灰土的大洋；不斷湧現、氾濫、四溢，又一小注一小注分散，滲入人之流、車之流。於是，一些小小稚氣的臉加入臉的隊伍，進入車廂，儘管重甸甸的書包和一些零碎壓垮了肩膀，儘管找不到座位擠在人牆中顛簸搖晃，沾著汗水和泥土的手臉，亮亮的眼神，毫無顧忌的笑語，活潑而又不安分的舉止，立刻在昏昏慵慵的氣氛中攪起了泡沫。當一個小不點蹣跚下車時，不忘記回頭向幫她扶書包的車掌說：「謝謝阿姨！」清純的童音，換來了大家的莞爾。另一站，一個抱在媽媽懷裡的小男孩，轉身朝車頭喊叫：「司機叔叔再見！」微笑的漣漪更擴漾在每人唇畔；冷漠隔閡全消，竟是一車的祥和愉悅。

車抵終站也是起站，抖一抖灰塵，整一整衣襟，也在心裡輕輕說聲再見！多謝，給我一路暢遊，一路觀賞，一路平安！跨出車廂，走向一天絢麗的晚霞。

一九七八・九・廿二

假日，花展

假日花展。

假日，花展。

假日，花，展。

是人的假日，花被展出。

是花的假日，人在展示。

花自遠遠近近，各處苗圃、花園、溫室、養花人家，送來這兒集合、展開，人從城市的高樓華廈、公寓宅第，趕來這兒觀賞，呼吸著混合花香、葉的青味，泥土氣息的鮮美空氣，瀏覽著綠的翠、花的妍，生命鮮豔的顏彩。人們穿梭在花叢間，繞著花花草草流轉、低迴、沉醉，顯得多情而迷戀。花草靜靜竚立於架上、地下，對著不息圍繞流轉的人、顧盼讚賞的眼光，祇是脈脈含情，悄悄散佈芬芳。人花間那份默契，盡在蘊藉不言中。

先要觀賞的是展出「主題」。噢！花草當然不會寫文章。所謂「主題」，就是正當時令、當天領銜展出的主角，應廣泛邀請這一品種的直系親屬、血緣親戚，一系列陳列在展示台上，作個別介紹。那眞是難得一見的洋洋大觀。

印象中，玫瑰穠豔馥郁。可是，那天在展示台上，一眼望去，幾百朵瓶插盆栽的盛開花朵，全都淡淡雅雅；那樣柔和，那樣嬌嫩，那樣瑩澈溫潤，讓人覺得別的花都嫌太濁，世上的顏彩也太庸俗了。那凝脂滑玉似的花瓣，象牙雕刻似的花瓣，滲染著柔柔的粉紅，淡淡的鵝黃，淺淺的霞紫，乳白中泛著隱隱淺橙，嫩黃中溶著一抹輕紅，水綠漾在象牙白裡，眞是淡至若無還顯，淺到透明猶溢。這其間也點綴了幾株似暗紅絲絨剪貼的黑玫瑰「皇后」，猩紅的「迪奧」和亮橙的「比比」小姐，相映烘托，益襯得深的更穠豔，淺的更柔美。

蘭花作主題時，那種豪華絢麗，眞箇是奪目耀眼，滿場祇見成羣結隊的紫、白大蝴蝶，抖抖擻擻停憩在細長的柔莖上，翹揚低垂，欲飛還休，原來全是盛開的蝴蝶蘭；三五成簇的黃粉蝶，卻是野生蘭；玲瓏的紫蛺蝶，又是石斛蘭；美齡蘭如此優雅端莊；嘉德麗雅蘭顯得雍容華貴；素雅精緻的拖鞋蘭，不知愛神的纖足是否眞正套過；一葉蘭煢獨孤挺，威風八面，似乎很有個性；東亞美娘蘭一支支開得厚厚憨憨，那模樣十分富泰而帶點性感；最美妙的是一種來自新加坡的金色文心蘭，細細緻緻，輕輕巧巧，彷彿剪碎一片片陽光又串綴起來，搖曳著閃閃爍爍的金色光采。

先別以爲忽然來到了沙漠，那許多平時罕見的多肉植物和仙人掌，不過是當天領銜的主角。不說模樣有多稀奇古怪，芳名尤其奇妙有趣；像火勢燎原的是「火祭」，似立體凹字的是「曲玉」，蓬首飛髮是「狂獅子」，腰子元寶狀的是「銀河」；「冬星座」猶如海星，「青龍角」像麋鹿角；還有很氣派的「異想天開」、「新天地」、「象牙宮」、「延壽城」，神話式的「風雷神」、「牛郎織女星」、「龍山怒帝王」，文雅的「十二卷」、「夕陽」，很玄的「般若」、「秋思」，純中國風的「紅樓夢」、「四馬路」、「楊貴妃」、「花和尚」……眞是美不勝舉，它們有遠自非洲、墨西哥、歐洲高山，也有印度、日本、中國雲南。也許就因爲是生長在沙漠和乾旱地帶罷，它們似乎比任何植物都更能吸收和貯存水分，囤積養料，不管有刺或無刺，都長得那麼肥厚豐腴，充滿了生命的液汁。

最富中國情調的還是國蘭之日。那屬於古老東方的高雅氣質，清麗韻姿，幽遠馨香，沒有一種花卉能與它比擬。一進入場地，首先接觸的嗅覺，似遠還近，飄忽縈迴的幽馨，超越所有的花香，沁入心脾。展示台上沒有鮮豔奪目的花姿，祇見一株株清癯挺拔、淡雅脫俗的春蘭、寒蘭、劍蘭綽然列陳，而每一朵俯、仰、偃、側的花朵，韻姿生動，充滿靈氣，彷彿隨時都將辭枝飛去。更有未著花祇觀賞「葉藝」的蘭，像葉面有黃白線紋的「華山錦」，黃色細線的「芙蓉殿」，葉邊鑲金線的「太陽」、「錦旗」，有虎斑的「瑞寶」，葉尖白色似鳥喙的「金華山」，淺綠中夾有深綠影線的「曙」，起黃色綠條斑紋的「龍鳳呈祥」，以及「金玉滿堂」、「天松」、「白扇」、「金鳳」、「眞鶴」……葉的名堂，比花的品種還多，眞有點喧賓奪主哩。

祇爲我國地形像海棠葉，海棠花任誰都熟悉。開粉紅花的「秋海棠」，點點胭脂似的「貼梗海棠」，嬌柔含羞的「垂絲海棠」，和小巧伶俐的「四季海棠」。不想「觀葉」海棠也比花更多：看那葉面披覆水樣光澤絨毛的大葉「蛤蟆海棠」，綴滿銀白色星星的「斑葉海棠」，橄欖綠浮凸紫紅色莖脈的「撒金海棠」，葉緣鋸齒有銀色環紋的「立克斯海棠」，厚厚實實的「質葉海棠」，斑斕有致的「麻葉海棠」，楓葉般鮮豔的「珊瑚海棠」，披一身茸茸白絨，細長下垂的蔓莖上又萌生小葉的「虎茸海棠」……形狀那樣奇幻多變。據說全世界約有一千多種，如不說明地形像哪一種海棠葉子，怕不把別人給弄迷糊了。

且不管誰領銜作主題，其他族類也都踴躍參與。還有空運赴會的嬌客貴賓，是花草民族的大結合。有的心儀已久，乍然相見，恍若故友重晤；有的早已識荊，這纔得知芳名，自有一番驚喜；更有素昧平生，卻一見傾心，猶如萍水相逢，結識了幾位新朋友，相交不嫌晚。

仰慕已久，「玉簪」果眞玲瓏剔透，溫潤如玉，好想攜一枚插在母親鬢邊；「天堂鳥」高擎著火燄花瓣，似巨喙伸張，展翼待飛，很有鶴鳴九皋的神采；奇特的金黃色「五指茄」，讓人聯想起《西遊記》裡豬八戒吞食的人參果；「荷包花」密密綴滿枝梢，也不知裝的是什麼小小祕密；彩紋細緻的「葛鬱金」像美麗的孔雀羽毛；少女的髮絲原來是婀娜多姿的「鐵線蕨」，彩色莧五色繽紛卻又渲染得那麼勻稱，參差配色，層次分明，是最佳圖案設計；同樣擁有豐富色彩的變葉樹，又完全採用印象滲透筆法，斑爛絢麗，就是同一株樹上，幾乎沒有兩片同樣著色的葉子，形狀更是千變萬化。大自然製成它們，似乎就是爲了要給我們看它能製造出多麼奇妙的葉子。

賞花人也許祇是一時湊興，對花事一無所知，也許天性愛好，渴望多懂得些園藝知識。那麼，隨便那一個花攤主人，都樂於提供意見，傳授經驗，就地隨機教學一番。

——種玫瑰哦，要那種鬆鬆的沙土，它比較喜歡肥料，一個月加兩次，細枝一定要剪掉。那個一身泥土氣息的花農，熱心地告訴買主。

——養蘭花是一種藝術，你看，別的花草都用「種」，祇有蘭花是「養」，這裡面就有很大的學問。四戒是春不出，夏不日，秋不乾，冬不濕。還有十二月口訣……那個長者風度的養蘭人恨不得將心得和喜悅一起度給別人。

而那個介紹花書的園藝家，卻向詢問者試著詮釋植物的生態生理、品種改良、嫁接繁衍……

入花山又焉能空手而返？那就順便攜走點花花草草罷，從大到需人抬走的大盆景、樹苗，到小得二三寸的袖珍盆栽，輕如羽毛的花秧；自數千元一株的名貴蘭花，到十元、二十元用繩捆紮的花草，任憑選擇。別愁沒有花材容器，這邊準備有各種肥料、蛇木屑、水苔、蛭石，甚至培養土；那邊有各式各樣大小花盆、花盂，精巧可愛的花鏟、花叉、花耙，印製精美的花書、花簽……縱使什麼也不帶走，卻已留下滿眼綠意，滿心蘊潤，一衣襟花香幽馨。

假日，不必準備，不用趕車。悠悠閒閒，逛一逛花展，也算回歸一次自然，洗滌一些俗念利慾，換來一番心曠神怡。

（民眾活動中心花市）一九八一・四・十九

視聽藝術的幻境

不是悠悠閒閒等著聆賞輕柔的旋律、抑揚的節奏，且提高聽覺，預備承受怪異的電子震盪，和特殊音響效果的衝擊。

不是從從容容等著觀賞典雅細緻的舞姿、淒美感人的劇情，且敏銳視覺，準備接受燈光色彩瞬息萬變的迷惑和震撼。

那不是魔術，是舞蹈，活的雕塑，靜的造型，蛇一般遞蛻，鳥一般羽化，泡沫般幻滅。祇是波動的光影，閃爍的顏彩，在戲弄著人體，轉換著背景，誇張線和形的變化，不住擴張、舒展、伸縮、扭曲，倏忽隱現，變化萬端，奇妙詭譎的氣氛，使人產生虛虛實實的錯覺。

那不是幻境，是舞台，銀河橫亙，太空迫臨，星球搖曳，大地翻騰，山川旋滾，都祇是時、空藝術的巧妙運轉。是繪畫、雕塑、幻燈、音樂的融匯；是造型、空間，與人的組合。是電、化、聲、光、佈景、道具的結果，彼此投射輝映、互放光采、穿梭融貫、互相感應，交織成一片玄奧神祕，撲朔迷離，將人帶進奇幻詭異的化境。

而無韻的旋律，無調的節奏，一會沉重的敲擊，記記著實；一會艱澀的摩擦，搓揉著神經。一會尖銳拔揚，將心弦緊緊拉直；一會洶湧澎湃，似海嘯怒潮，又戛然終止。猛然間巨雷轟響，地動天驚，又倏忽屏息，突兀、衝動、爆炸性的即興音響，左右著觀眾的情緒，操縱著飄忽的精神狀態，控制了全場。

在這一段演出的時空，舞者的肢體祇是另一枚音符，一枚優美的也是粗獷的音符，一枚跌宕的也是詭譎的音符，一枚溫柔的也是桀驁的音符，隨著無調的音響，緩緩蠕動，徐徐律動，款款擺動，瘋狂扭動；急遽旋轉又騰身縱跳，劇烈奔馳又敏捷躍升，輕盈滑行，又起伏漂浮。一個舞者是一枚音符。許多舞者是無數音符。彼此參差，相撞、顛撲、混合、糾纏、堆疊，又各自分開，各自舞蹈；舞在流動的光譜中，舞在閃爍的燈彩間，舞在突兀的音響裡。當聲音驟然沉落、燈彩倏忽熄滅，音響突然靜止，舞者也退隱、消失。

在這一段演出的時空，舞者的身肢祇是另一種語言。一種原始的也是超時空的語言。一種生活的也是抽象的語言。一種誇張的也是晦澀的語言。在手舞、足蹈、俯伏、舒展、騰躍、顛撲、匍匐、伸縮……之間，似乎表露出現實壓抑下的苦悶、緊張、矛盾、恐懼，是生命的吶喊、掙扎，是人性中的衝突、慾情，是對未來的祈求、追尋，是由自身的限制中獲得解脫，被壓抑的能量發出來……你可以用自己的想法詮釋，用自己的感官接受，動作的語言，直接感受比傾聽更具震撼力。

在這一段演出的時空，舞者不是主角，不是重要因素，也不是唯一的憑依。是任何造型，是活的雕塑，是各種幾何圖形，是布袋玩偶。是舞台美術的配件，是整體劇場的部分，是多元性媒體綜合藝術的單一元素，是表達某種意念的活動道具，是有機體中的個體。燈光任意搓揉、撚捏、戲弄、撫愛，顏彩任意塗抹、漆刷、調配，斑斕絢麗，條紋迴旋，一忽化入光彩中，變成佈景，一忽隱入彩渦裡，成爲泡沫。在聲、光、色彩的宇宙裡，人祇是具象作抽象表演，構成舞劇的三要素之一。

「聖堂」何在？一片空漠，彷彿水波漾晃，從地面緩緩起伏、輾滾、升高，一尊尊塑像模樣紛紛起立，人體在柔韌的環狀布套中彎成雕弓，張成四方，架立成三角，參差重疊，長短排列，身影移動，或曲或凹。突然樂器轟響，哄哄隆隆，似黃鐘大呂，幕後陡然聳起巨影幢幢，森嚴迫人，舞者肅穆頂禮，瀰漫著神祕的宗教氣氛。悠悠鐘聲裡，燈光轉明，巨影倏忽消失，朗朗然竟是兩座稜角威峻、氣勢崢嶸的大理石現代雕塑，崛立於舞台中央。

「元素」是蝴蝶的幼蟲，是美麗的蛹，三個柔軟的胴體，裹在紅白相間的圓錐形服式中，輕盈的滑行，優美的浮動；倒行似沙灘上鮮豔的圓傘，輝映著陽光和水色，凝立如層層疊疊燈塔，流轉著水很光亮；伸展俯仰卻像摺疊燈籠，熒熒燭火閃耀著紙殼的彩繪，閃耀著圓熟的丰采，生命的歡樂流露在搖曳的舞姿，溢盈於輕快的舞步，「元素的雜耍」三人舞，帶給人感官上無限美的享受和喜悅。

空間忽然擴大，地球迅疾轉動著迫臨眼前，蓊蓊鬱鬱的森林，斑斕塊壘的地層，縱橫矗立的山脈，攝人心魄的撲面而來。蠕動在山川大地的陰影裡，舒展在宇宙輻射的極光中，是三個長方形的軀體，扯成梭形，拉成長條，彎折成各式模型，凹凹凸凸，歪歪扭扭，擴張又收斂，流竄又靜息，騰躍又凝止，是生命在束縛中掙扎……是人類在壓抑下搏鬥，在圍困中衝突？驀地，布袋如蟬殼滑落，躍上石凳，昂首屹立於天地極光中，三具偉岸體魄，彷彿三尊莊嚴巨神，那是「面具、道具與動作」中人的「本體」。

機械化的律動，木偶式的舞步，有如夜裡的軀體，流轉幻變的燈彩是富麗的紋身舞衣。猛然間一陣金屬砸碎的巨響，紛紛迸散自高空，又是列車槓桿的鋼鐵摩擦，不絕於四周。鼓聲咚咚，恍惚進入蠻荒的原始時代，又是長鳴尖銳如絲帛撕裂，隨著忽高忽低迸發的怪異音響，舞者神經質的跳躍、跌撲、摟抱、接觸。忽聚忽散，旋合旋分，滑稽突梯的撫愛，生硬逗趣的擁抱，襯托以抽象動畫，戲劇臉譜，「愛撫」被誇張、渲染、戲劇化，人的激性顯得如此荒謬、可笑、愚蠢，而又無奈。

彷彿混沌初開，彷彿天地乍分，星球閃閃，白色篷帳似巨朵睡蓮，盈盈綻開，似綿綿雲蓋，冉冉浮升。當平平鋪展，人類忙忙碌碌，如熱鍋上的螞蟻；當徐徐捲攏，人類惶惶栖栖，如網中之魚，籠中之蟹。當飄舉懸空，人類雀躍攀緣，爭先恐後；當驟然下降墜落，沮喪頹廢，炫耀的生命，變作死亡的面具。「帳篷」是宇宙，是人間，是永恆。芸芸眾生，追求虛榮，謀取幸福，祇是過眼煙雲，瞬間浮華。

高度的科技，豐富的想像，純熟的舞藝，是空間與時間藝術巧妙的組合。是物質領域和精神領域擴張融貫，也是實際人生的抽象表現。突破傳統超現實的藝術創新。

看一場尼可萊斯現代舞，也看過活的雕塑，躍動的畫，飛舞的顏彩，幻變的光，視覺上享受了一頓豐富的大餐。

看一場尼可萊斯的現代舞，神迷目眩地漫遊了一趟奇異幻境，一次次驚奇，一陣陣震撼，感受上經歷過一次美的狂飆。

不僅是感官的愉悅，美的享受，更喜歡那種新鮮和衝擊。
一切藝術，貴在突破傳統的模式，創造時代，開拓未來。
今天的前衛，焉知又不是日後的傳統？

（觀賞艾文・尼可萊斯現代舞）一九七九・十一・二十八

藝術家的遊戲

震撼於藝壇一代大師的顯赫名望，

心儀於難得一見的珍藏陶瓷藝品。

揀一個微雨放晴的初春早晨，人潮洶湧前的清靜空檔，去造訪古典的東方藝術殿堂，去瞻仰現代的西方開創性陶藝。

一百八十六件。不祇是一個數目，也是一堆分量。甫踏進場地的空間，那些密密排列的瓶瓶盤盤，彷彿正從四面八方擠壓包圍；那些淋漓炫麗的色彩，似乎正在明亮的玻璃櫃中閃動流溢。屏氣懾聲，躡足移步，逡巡在壺瓶盆碟、頭臉人體間，繞場一圈。一個多小時彷彿一剎那，卻已瀏覽了積二十五年的輝煌成績。眼睛滯澀，頭頸也痠。深深吸一口氣，環顧四周，此身已陷重圍中。祗是，看過的人，那種懾於權威性又莫測高深的嚴肅神情，都已舒展開朗，唇畔浮漾著淡淡一抹會心的笑意——這才感到自己神經放鬆，嘴角也微微掀起——噢，該不是感染自瓷盆上那一張張既憨且傻的大臉吧！

沒有預期中震撼心靈的鉅構，技藝精深的極品。沒有銘感肺腑的激賞，心悅誠服的讚嘆。陶藝不是傳統講究的火候、精純。繪雕仍是大師一貫的風格，常用的題材。但是，透過那些趣味的造型，誇張的人物，稚拙的臉相，怪異的形象，活潑優美的魚鳥，親切熟悉的景象，鮮明強烈的色彩，瀟瀟灑灑的筆觸，卻讓人看到藝術大師更真切的一面——一個任性、風趣、自信，喜歡藝術、醇酒、美色，才華洋溢、精力充沛，而又童心未泯的老人。

就是那個享有一生成功的老人，半帶藝術修養的嚴肅、半帶玩世不恭的嘲謔，隨心所欲地在黏土、陶坯、顏料釉彩中捏弄雕塑、塗塗抹抹，就像一個逮到機會的孩子，不住用到手的泥土捏弄成種種的形象。玩得那樣熱衷而開心，渾然忘記了身外的一切。

繪畫是不斷創新，突破客觀的束縛，樹立個人的風格；製作陶器也不按傳統的規律，祇把陶土當作表現的材料；可以在既成的器皿上繪畫刷釉再燒製，也可以將陶坯在黑泥中浸濕再鐫刻。還有以石膏製模壓在黏土上，或直接在陶板上雕繪……而在所有作品中揉進奇特的想像，注入生命的氣息，以及他的戲謔、稚氣、幽默感，和愉快的情緒。

希臘神話中代表森林的牧神，半人半獸，亦善亦邪，生性浪漫不羈，想是大師心目中仰慕的偶像罷，曾經頻頻出現在他畫中，如今更列隊排行。大盤裡、小碟中、水壺上，頂著兩支犄角的頭臉，有眼如銅鈴，齜牙咧嘴的；有毛髮如獅鬃，兜住細小的五官；有一臉刁蠻惡作劇，有向日葵般純稚的孩兒臉偎依在綠葉裡，有粗獷慓悍一副海盜相，有牛頭馬臉四不像，有叉手叉腳如幼稚園小兒畫人，倒是猙獰稚氣中似乎都還帶點和善的意思，讓人親近。

沒有比那更現成的鬥牛場了，圓的、橢圓的，大瓷盤兜住一股搏殺激鬥的氣氛。紅布翻飛，身影閃躲，激怒的牛騰躍奔馳，衝刺撲擊。著墨不多，人的狡詐陰險，牛的瘋狂狠勁，躍然盤上。最具諷刺性的是一只笠帽形的碟子，人臉陷在凹處看似動彈不得，牛身變成似長蛇，環繞馳攻神威莫敵。《憤怒的牛》該是畢卡索最傳神之作，據說他八歲時第一張畫便畫的是鬥牛。

女性的形象，變幻出現在立體塑像、水壺、花瓶、陶板雕刻中，線條柔和、姿形圓熟、體態豐滿，都祇在強調胴體的美感，對於容顏，卻任意參差重疊，歪曲變形，總覺得缺少點尊敬，不是一般人能欣賞的。

看到那許多臉譜，才發現人的五官不管怎麼樣安排，總還是人臉。最簡單的三條弧線，一條直線，畫在大瓷盆裡，竟也有如此安逸的睡相，團團的笑容。圓的、方的、六角形的瓷碟陶坯上，五顏六色、大小高低的眼睛，歪歪扭扭如氣球般的長鼻子，腮頰刷二把竹籬紋，十足一副副嘲笑人生的小丑臉。那個嘻皮笑臉的大下巴好像史努比；那隻巨眼的瞳仁中卻嵌了一張慈眉善眼的佛相。連幾片碎瓷破瓦也是擠眉弄眼的。眾生相既醜且傻，狡黠、揶揄、驕矜……卻沒有愁苦。眼中嘴角，全漾著迷迷的笑意。

完整的魚骨蝕刻在棕褐色的盆裡，竟是那樣淒美的天然圖形。讓人想起洪荒時代，想起千年化石，卻沒有想到是被人類啃食的殘骸。就是那琴鍵般的韻律，引起了老人捏陶藝的靈感。祇是，當所有的魚都兩眼並列在面孔中間，向人平視時，卻說不上是什麼感受。試想想端上桌的魚，若正在盆中兩眼瞪著你，又怎能下箸！

造型構圖最優美的，應該是有翅膀的飛禽。鴿子和梟，在鳥族中是完全不同性格的類型，卻一概蒙受榮寵。純白坯土的鴿子那樣乖巧地蹲伏著，聖潔、安詳、文雅，圓顱微側，凝視的眸中流露出如許溫柔，仔細端詳，又似乎稍帶憂愁。像是有點擔心，擔心牠維護的和平可會被破壞！墨黑如夜的錳土，塑成深沉的梟。圓眼怒睜，展翅兀立，顯得機警矯捷，威猛有神。另一座抽象模式，彷彿巨把的水壺，壯碩偉梧，有大理石般的光澤。小鳥的形象都十分純眞可愛。一座鳥的抽象雕塑，有如帶環的炮座。繪有貓頭鷹的雙耳水壺，壺口是圓睜睜的巨眼，壺腹也是圓睜睜的巨眼。還有一隻壺，梟的嘴臉在高聳的雙把上雄視眈眈，讓人覺得如握住雙環時，掌心準會有被啄的感受。

題爲「泳」的二位蒼白的男性裸像，比起一旁美神的豐腴，更顯得單薄、羸弱，像是現在的紙雕作品。

「太陽與眼睛」，充滿了童稚的想像。大眼睛有著長長如禾草的睫毛，太陽有張扁方的臉，輻射線密密彎彎地圈抱著；幾乎可以感受到四面八方的光和熱。

水壺的造型線條簡潔勻淨，有典雅也有樸拙。題爲「花」的色調柔和，構圖美妙。「兩個面孔的顏色水壺」，鮮明強烈、門神似的凶臉相，充滿諧趣。「太陽與魚」，瓶口像剝開下垂的香蕉皮，游魚挨近太陽，水想是沸騰的罷。「兩隻小鳥」，棕色和黑的構圖，烘托出潔白純稚的小鳥，顯得情趣盎然。

從童年開始，跨越兩個世紀，前驅一個甲子。在世界藝壇上已有卓越地位，在生命中也有豐盈的收穫。一個六十多歲，已經將比一般人更悠長的歲月和心力奉獻給藝術的老人，而在晚年，卻又愛上了陶藝，另一種開始，另一種嘗試，再度讓自己投入其中。也許，他那用之不盡的創造力渴望有新的開拓，也許，他覺得製作陶藝比揮動畫筆更能直接表現自己，可以觸摸、搓揉、捏弄，可以分掰開又黏牢，毀掉再重來。實質的存在，又超過平面的圖形，同時融合了繪畫和雕塑的藝術：捏捏弄弄，竟又捏弄了整整二十五年。

二十五年，捏塑雕繪了三千多件。怎樣的傾注心力！通過那些作品，再加上最耀眼的一件畢卡索本人穿著無領衫，鬆垮垮的短褲，雙手舞動著布片作鬥牛狀的放大照片，動作誇張、神采飛揚，皺紋縱橫的臉上，洋溢著童稚的歡欣——可以看到老人的暮年，是怎樣愉快地浸潤涵泳其間。享受著未泯童心，享受著創作的樂趣。一任興之所至，隨心所欲、揮灑自如。得意時，揚一抹會心的微笑，扮一個揶揄的鬼臉。或者撮唇長嘯，拊掌稱快。精深熟練的藝術造詣，做這些在他已是一種遊戲，輕鬆愉快，開心暢懷，決不會有畫《格爾尼卡》那種嚴肅的態度，沉重的心情。

一個人，能夠擁有如此久長的生命，生命中能夠擁有如此豐沛的創造力，創作又使人永遠年輕。浸潤在創作樂趣中直到最後一口呼吸，這樣的人生，眞箇是：生活即藝術、藝術即生命！儘管大師早已離去塵世，作品依然散發著他愉快、自信、嚴肅而又稚眞的氣氛，和幽默詼諧的趣味。看過陶藝展覽，彷彿參與了老人的藝術遊戲。不僅領受到那股創作力的衝激，也分享了那份孩子氣的喜悅。

（畢卡索陶藝展）一九八一・四・二

把世界穿在身上

祇因爲那是「文化中很燦爛的一部分」，

祇因爲那可以「賦予一種宗教所不能賦予的和平」。

祇因爲那可以顯示一個人的尊嚴、氣質、風度、教養……

祇因爲那可以「告訴未來人文」……

我走進了繽紛的顏彩；走進了七十年代的春天，置身在未來的風潮流行。

淺粉的天空，飄浮著粉紅的雲朵，快活的小白兔嬉戲躲藏在粉撲似的雲層裡。

青青綠綠的田野，香菇像樹，草莓遍地，一幅幅鮮明可愛的房屋，竟全是靴子、南瓜、包心菜……

笑咪咪的海豚、鯨魚，躍出水面，緊傍著各式輪船，像是在比賽游泳。

穿著奇奇怪怪太空裝的小朋友，手裡舉著望遠鏡，高高低低巡逡穿梭在天空，窺探星球的祕密，宇宙的玄妙。

什麼童裝款式、衣服樣子，都祇是大人在欣賞。穿著童話世界，穿著幻想王國，能把小心靈所崇拜的太空人，嚮往的海洋探險，和可愛動物穿在身上，才是眞正滿心歡喜。

造物者創造萬物，最美麗的是花草，人類專揀最美的裝飾自己。模仿自然，吐自筆尖。一朵朵盈盈展瓣，千萬朵花團錦簇。韻姿萬千，躍然紙上。繁複重疊，千百種顏彩凝成濃豔，浮凸欲現，疏朗有致，千百種彩色化做淡雅，柔柔潤潤滲透紋理。輕輕柔柔的花雨、飄飄逸逸的花雲、纖纖細細的花網、稠稠密密的花潮……穿著不凋的花朵，把花季穿在身上，乃擁有永恆的春天。

那一抹湛深的藍，刻畫著斜橫的銀白線條，像閃電掠過穹蒼，瞬間停駐。

夜空似的漆黑，一束束七彩放射線，像是燄火流竄，貫穿長空。

祇是圓，大大小小的圓，彩色的圓，空心的圈，串綴互扣，虛虛實實、疏疏密密，組成和諧之美。

祇是方，端端正正的方，大小重疊，黑白相印。稜稜角角、清清爽爽，排出明朗的美。

簡單的組合，隨意的排列，穿著線條，穿著圖形。把幾何穿在身上，方圓中自有和諧的韻律。

那一幀渲染得如此燦爛絢麗，可是採擷了光輝的晨曦，抑是剪下了一段天邊的晚霞！

那一張如此鮮豔奪目，像是燎原的火燄，奔流的熔岩，似乎可以感受到灼熱。

也有像山川的聚合，河流的交會，天光水色，映著大地翠黛。

還有漾動著大片青綠、稻黃，和赭色泥土的田野。

不是潑墨是潑彩，有油畫的厚重堆砌，有水彩的明快色澤，水墨的輕逸滲透；也有墨西哥的強烈對比，穿著抽象，把晨曦、彩霞、火燄、熔岩、山川河流、大地田野全穿在身上。走到那裡是一團熾熠的火，一塊未拓的地，一疊揉碎的雲霞。

亮麗又深邃的景泰藍，鑄成古代中國的雲天，墨金色的蛟龍騰躍遊騁其間。

高聳的梧桐綠蔭扶疏，襯著東方尊貴的黃底，華麗的鳳凰驕矜地棲息枝梢。

蒼松下，紅冠白羽的仙鶴悠然佇立。

梅樹旁，斑爛優雅的雙鹿自在盤桓。

玲瓏如意，卍福花結，全化做迎祥納福的圖案紋飾。

雕刻印章：篆文、隸書、正楷，一方方看似任意蓋印，卻也是別饒風味的設計。

變不盡東方精緻文化的豐富內涵，穿著古典，穿著優雅，把高貴的傳統、尊嚴的標註、福祉的象徵，穿在身上，散發著芬芳的思古幽情。

密密的原始森林，奇異的花草，長頸鹿探首枝梢，虎豹竄跳葉叢間。

璀璨的冰河岸，映著瑩瑩雪光，拉著雪橇的狗羣，在雪地裡留下長長一串跡印。

一片迤邐展延的沙灘，盛開著彩色繽紛的傘花。長葉招展的椰子樹，陽光、鮮花、草裙舞是人們夢中的島嶼。

奇異的圖騰、羽毛、箭鏃，構成古老湮遠的部落。

鮮豔的披肩，高頂草帽下是永遠作不完的夢。

森嚴的古堡，乾淨清爽的鄉村……

濃縮了時空，拉近了距離。穿著異國情調，穿著各地風光。把熱帶森林、阿拉斯加冰河、邁阿密海灘、夏威夷島、印第安部落、墨西哥風俗、歐洲景致，穿在身上，天天心旅，日日神遊，祇在凝神一瞥間。

那隻披一身鮮紅羽毛的大鸚鵡，當胸而踞，張著彎彎巨喙，正得意洋洋地說個沒完。

那條伸著尖尖長嘴的大劍魚，悄悄從肩際潛游胸前，又狡黠地回眸含笑諦視。

襟上踩著那隻圍著白兜兜的毛毛熊，傻不稜登地，好一副乞憐模樣。
總是衣冠楚楚，黑白分明的企鵝，挺立身側，莊嚴有如守護神。
小象捲起鼻子，咧著嘴憨笑的神態好純稚、好可愛！
不管是溫馴的、凶悍的動物，駐足在這裡，全顯得那樣親切、可愛，而又逗趣，穿著飛禽走獸，把寵物攜帶身邊，追隨左右。人和動物，原本天生是好朋友。

祥雲輕攏掩擁，神龍蜿蜒騁遊，鬚眉翹揚，嗷嘯天外。
荷葉亭亭高擎，荷花盈盈出水，引來蛺蝶雙雙，花前迴旋。
浩淼海洋，風平浪靜，天邊海鷗三兩隻，水面白帆悠悠。
波濤洶湧，掀起浪花萬丈，踏著浪板的弄潮人，凌空衝刺。
整疋輕輕柔柔的紗料是一幅完整的構圖，完整的圖是一襲襲寬鬆的衣裳，穿著白雲遊龍擠公車，穿著夏日荷香進冷氣房，穿著輕舟揚帆踏在紅磚道上，穿著衝浪弄潮走在鬧區市廛，隨著走動，隨著微風，隨著呼吸，花葉顫顫欹欹，蝴蝶翩翩飛舞。白雲舒卷掩攏，神龍張牙舞爪，海鷗迎風翱翔，輕舟揚帆駛航。浪花滾滾翻騰，弄潮人隨波起伏，顧盼睇視，是一幅立體走動的畫，是一種獨立的景觀。

有人設計，有人製作，有人欣賞，有人喜歡。人人可以穿一身幻想王國，把童話穿在身上；穿一身奇花異草，把春天穿在身上；穿一身山川林野，把自然穿在身上；穿一身小橋流水，把詩情畫意穿在身上；穿一身月圓花好，把美好時光穿在身上；穿一身龍鳳呈瑞，把福祉吉祥穿在身上；穿一身篆印如意，把古典穿在身上；穿一身衝浪蹈水，把新潮穿在身上；穿一身豔麗奪目，把豪華穿在身上；穿一身柔和淡雅，把高貴穿在身上；穿一身海洋，乘風破浪；穿一身彩雲，長空萬里。今天把萬物穿在身上，明朝把世界穿在身上——

民族調、叢林調、自然調、波斯調、新舊組合調……都是那麼樣精緻的構圖，柔和的色澤，顯示出單純的趣味，和新穎的美，融貫傳統，創造時新。印染作品是藝術與商品融合的具體表現，把藝術帶進了實際生活，拓展了實用藝術的新境界。從七十年的春天，進入未來世界的風行潮流。

（印染作品展）一九八一・五・廿一

野柳，岩柳

名字，常常和地方一樣，有的名字聽過看過，也就忘了。有的地方去過玩過，印象不深。有的名字卻富有魅力，引起嚮往；有的地方一度蒞臨，難以忘懷。

嚮往那個名字，嚮往有那個名字的地方，很久，很久。

那地名，意味著粗獷、豪放、不羈，也象徵著飄逸、輕盈、脈脈柔情。兩個字的組合，竟含蘊如許。

——門前，一道流水，夾岸兩行「垂」柳……是怎樣一種輕盈幽靜的美。

——「左公」柳，拂玉門曉。塞上春光好。大漠飛沙濺落照，天山溶雪灌田疇……是怎樣一種豪邁壯麗的美！

而「野」柳，顧名思義，該又是怎樣一番氣象，怎樣一種風貌，怎樣一派情景。

且讓想像付諸實現，讓意念化做行動。就在月圓前夕，晴好明朗的秋光裡，在一個平凡的小人物在大時代誕生的日子。輕車載著嚮往，載著想像。疾馳過金色大道、金色山徑、金色的城鎮和郊野。人和車，心維和意念，都浸沐在一瀉無際的陽光之海裡浮泛，時間和空間全變作金色的泡沫升化。二小時也祇不過是一連串閃光的泡沫，飛掠過時空的大野。當疾馳靜止，便是那金色的崖岸，莊穆地橫亙於前方。

陸地終於此，海洋始於此。崖岸以迂迴蜿蜒之姿，兜攬著海，以突岬崎角之險，伸探向海。而海，浩浩淼淼地展向無垠，海上無風也無浪。而天，蒼蒼茫茫地展向無涯，天上無雲也無翳。上下周圍祇有一片望不透的藍，溶在金色的霧雰裡。顯得深邃、神祕，又撲朔迷離；橫貫其間一道明亮的海平線，截齊得像是剪貼。貼一隻小小的船，似近還遠，彷彿在行駛又不在行駛。

聳峙的岩崖似一隻骨骼嶙峋的大怪獸，想是混沌初闢時便兀然蹲伏在海天之間，袒裎著褚黃斑斕的腹背，挺著苔蘚披覆的岩脊。多節肢的臂彎兜起一泓泓深潭，一彎彎淺水。驕陽下最是蔭涼的好去處，那些熱帶魚找到了安身的所在；會噴水的噴水蟳、扯著三角旗的海神仙、像木瓜的木瓜魚、小小紅目、伶俐蘋果劍……淺游深潛，穿梭來去，好不逍遙自在——忽然眼前多了層障礙，原來是一只小小的兜網，網住了搜索觀賞的視線。

——撈魚罷：十五元租一個。小女孩企盼的眼神從網上迎上來。

噢，不！爲什麼要把魚撈起來？這原是牠們生存的王國，牠們的領域。人類有什麼權利剝削牠們的自由，主宰牠們的生命！倒是很想移植幾株石罅縫裡的海岸植物回去栽種：那厚肉的龍舌蘭，矮矮的海芙蓉，帶刺的南國薊——可是，覓遍岩岸沙灘，獨不見以它爲名的那種植物。

噢，沒有，沒有迎風飄拂、無限柔情的垂柳。廣闊迤邐的岩床上，高高低低，密佈叢生的，全是一株株、一棵棵、一堵堵，聳峭挺立，堅實穩固的岩石。那應該叫岩樹岩柳岩花。是天生天化的礦物，卻不是扎根在泥土中的植物。

千百年浪濤的衝擊，千百年風雨的侵蝕，千百年海水的溶解，千百年空氣的氧化。堅硬的砂岩層冲蝕成大大小小的蜂窩，鑄塑成一株株石樹岩花，如從高處遠眺，祇見沙灘上星羅棋佈、塊塊壘壘，彷彿古時作戰部署的迷魂陣。當我置身其間，又恍惚自己是《愛麗絲夢遊仙境》中的那個女孩，誤喝了縮小藥水，迷失在山坵似的香菌林中。

但香菌不是香菌，蘑菇不是蘑菇，而是大自然天斧神工的鑿刻，大地與海洋孕育的結晶，雕塑出宇宙間最神奇的雕塑。

看那一座座參差排列，一尊尊默默凝重；一株株肅穆挺立，一疊疊屹屼崛起。是引頸佇候，是閉目養神，是屏息諦聽，鑄成一種姿態，塑就一種形狀，凝結一種神思。朝朝暮暮，守望著日出月落，迎送著潮升潮退。在永恆的歲月裡，在邃遠的時空中。千萬年是一次潮升潮退，一次潮升潮退便是千萬年。

嵯峨金冠高高聳起，覆蓋住峥嶸的額頭。小坵般的隆鼻下，是抿得緊緊的薄唇。堅毅的下頦冷然上翹。長頸如玉柱，背樑似山脊。時光、鹽分風化了皇冠上晶瑩珠寶，卻不曾減損高貴矜傲的威儀。「女王頭」像，傳說是埃及女王，卻不知爲什麼飄逐來東方寶島。那樣肅穆凝神。也許，那曾經叱咤風雲的王朝曾出現在矚望中，幻作海市蜃樓。

那是最有力的證明，證明她曾經下凡過——那位美麗的巨靈。爲探勘十丈紅塵，爲嚮慕繁華人世，眞箇飄然下降，又悄然離去。匆遽間，竟遺落了一隻拖鞋在岸畔。儘管浪潮冲激，再也冲不走。留著「仙女鞋」在凡間，讓人們憑添一份綺麗的遐思。

是天上的神龍貶謫塵世，抑是海中龍王困陷陸地！巨龍見首不見尾，鎭壓著萬千噸砂礫，再也不能矯捷游騁。那份桀驁不馴凝成筋脈僨張，頭角虬突昂揚之姿，化爲奇崛峻厲的「龍頭石」，嘯傲海天。

突出於林林總總的岩柱羣中，是那醒目的一雙儷影。男士有著粗壯的脖子，碩大的頭顱，短髮下露出青青的後腦杓，顯得魁梧偉岸。女士秀髮高挽，粉頸柔腴，美人肩微微斜削，十分優雅古典。雙雙並肩觀賞著一齣永不落幕的時序長劇，「情人石」，眞是一對天長地久，有著深深默契的好伴侶。

背著厚重的胄甲，竭力伸展短小的四肢，自碧海爬上傾斜的沙灘。昂首極目探望，「海龜登岸」，不知是為了曝曬太陽，是探險大陸，抑是待尋覓一塊僻靜地，好安排生小寶寶？那模樣神態，緊張而帶點期待，可眞是栩栩如生。

好一隻巨鸚鵡，貼著藍天，雄偉地蹲踞在岩岸上。俯首伸喙，正餵胸前那隻引頸張口、嗷嗷待哺的雛鳥。不叫鸚哥叫「鶯歌石」，想來是跟守望著瓷器鎮的那隻長得十分相似，不知牠們是同胞姊妹，還是孿生兄弟。

從來不知道陸上的龐然大物竟那樣愛水，看那隻巨象長年累月浸在深潛的海水中，祇露出一個骨骼崚嶒「石象頭」。那圓顱突腮的「猩猩抱子」懷抱著猴崽，卻作出一副哲學家深思冥想的睿智模樣。擱淺在岸上的「鯉魚」石，飢渴地垂涎著面前一客客看來美味可口的櫻桃布丁。可是那叫「石乳」，擁有那許多豐滿的乳房，大地又是多麼富足的母親呵！那一羣小小石柱圍聚在一起，說是「二十四孝山」，倒像是一羣幼稚園的小小孩童在做遊戲：鬈髮覆額，短短胖胖的身軀微微向前俯衝，祇待老師琴聲一響，便開始做律動。這一帶岩岸彷彿屬於母系社會，除了「女王頭」，還有些髮髻高挽，袒裎著粉頸玉背的

「美女出浴」，「日本女人」，怡然享受著海水陽光。「駱駝石」悠悠舒舒地俯伏在淺水裡，浪花輕拍，海濤浸潤，想是完全忘記了沙漠的乾旱。長長的「列車石」停歇崖畔，似乎正升火待發。更有那許多神奇美妙的豆腐石、蜂窩石、蕈石、珠石、乳石、溶蝕盤、波蝕柵、層次分明的千層岩，陡險的大削壁，怪石奇岩四十八景……而矗立於天然羣石中最突出、最「人工」的，是那尊名叫林添禎的雕像，背海負天，巋然屹立於海風濤聲中。代表至善至勇的人性，在永恆的時光之流裡默默煥發著人性的光輝，就像日月在蒼宇照耀人間。

髮中帶著鹽味，手臉染上驕陽的光澤，腳底沾著海水中的柏油，我來回於心所嚮往的地方。沒有看到柳條依依，萬種風情，卻深深被頑石感動懾服，造物者展示那許多奇詭峻嶒的岩樹、岩花、岩獸、岩像……衹是要人們知道天工造石之美，是多麼神奇美妙！

一九八一・十一・廿四

藝術步入生活

從隆冬進入另一個絢爛的季節，
從地球進入另一層更深的層面，
從紊亂進入秩序，
從喧囂進入安靜，
藝術，是文化的春天。
與物爲春，是揉合人生、自然萬物、社會、生活，與藝術，融和爲生命的喜悅。
低於地平，深入大地之腹，偎依在孕育萬物的母親懷中。春之藝廊，擁有泥土的親切溫暖，擁有母親胸懷的寧馨安逸，擁有生命的喜悅，乃四季如春。

天生萬物，但萬物並不是天生，一山一水、一花一樹、一沙一石、星辰日月、飛禽走獸，莫不經過造物者神工設計。

芸芸眾生，但眾生並非自生自滅，自哺養、教育、成長、獨立生活，到獻身各行各業，無不是愛心的安排，周密的計畫——從開天闢地，人類活動開始，設計便早已存在。

而在這藝術之廊，在這思想之廬，在一系列一系列圖片展出中，有人設計夢幻童年，有人設計詩情畫意，有人設計理想王國，有人設計今日桃源，有人設計明日世界。有人設計工商企業，有人設計科技文明，有人設計精神文化，有人設計美好人生……將藝術融入生活，生活亦即設計。把藝術帶進工商企業，成爲設計的繪畫。

一年之計在於春。但生命中衹有一季春天，唯有顏彩使青春常駐。一日之計在於晨，金色的童年正是生命的朝晨，純潔如曙光甫現，清新如晨風吹起，赤忱如旭日初露。想像的天空，澄澈明淨，萬里無雲。別讓如此美好的晨光平白過去，拿點什麼來滋潤初萌的智慧，陶冶幼稚的心靈，引導無底的好奇心，啓發豐富的想像力，滿足旺盛的求知慾，訓練活潑潑的手？於是，藝術家和作家義不容辭的扮演了那個快樂的角色，用生花彩筆，爲孩子們繪寫了如此多采多姿的童話世界。

那些古老的神話，民間的傳說、習俗和慶典，原始文化的源流，就像綿綿不盡的血脈相傳，一代一代流傳下來，在當今畫家的筆下，呈現出新的圖形。一幀幀白蛇傳、划龍船、舞龍燈、嫦娥奔月、唐僧取經……樸拙而帶點稚氣的造型、鮮明的色彩，充滿了動感和諧趣；遙遠的年代，卻顯得那麼接近，近得就在孩子們身邊。光說那幅新年舞龍圖罷：看六個身手矯捷、圓頭圓臉、笑口大開的紅娃娃，舉棍弄棒，跳躍奔跑，把一條滿身圓點斑斕的長龍舞得風捲雲飛，馳騰迴旋，彷彿活了過來，瞪著電燈泡鑲嵌的晶圓雙眼，咧開寬深大嘴，帶笑帶喘氣。爆竹的火花化做滿地迸射的金星。那鑼鼓喧噪、爆竹聲響，和歡笑喊嚷狀況繽紛的畫面洋溢出來，渲染了仰面觀賞的孩子，一個個直看得目眩神迷。

具有中國剪紙趣味，和皮影戲神韻的構圖，散發著那樣濃濃的鄉土氣息。端碗的老婦、荷鋤的農夫，樸拙而親切；放牛圖顯出農忙後的悠閒。耕作、收穫、莊稼、農具……這一系列簡潔單純的插圖，連繫成一幅樸實和諧的農家樂。而錢鼠來了，快腿兒，又是充滿了諧趣的故事畫。快腿兒是兩條蜥蜴，母蜥蜴告訴公蜥蜴等她生下小寶寶一起去找尋食物，公蜥蜴卻獨自偷偷地出去飽食了一頓蒼蠅。正撐得迷迷糊糊時，一睜眼發現一隻大貓張牙舞爪地向自己撲來。一逃一追之間，祇得捨棄了一截尾巴，騙大貓上當而逃脫了性命。蜥蜴姿態優美靈活，大頭貓咪威武而帶點憨態，造型都很可愛。一個有趣而寫實的小故事，給予孩子的不僅美的感動，還有動物生態的智識。

鮮明亮麗的色彩，生動活潑的形象，使那一組動物躍然紙上，呼之欲出：壯碩的河馬，像一座小丘般，矗立於水中央，張著大嘴不知在打呵欠還是在歌唱，一隻小鳥怡然停息在山巒似的臀部，一羣七彩小魚傍著樹樁似的粗腿悠哉游哉；龐然大物看來竟是如此寬厚、容忍和善良，彼此相處得一團和氣，雖然不知道那是什麼故事的插圖，它那繁富的畫面便涵蘊了最好的故事。纖巧的蜜蜂鑽在絨絨花蕊中，蜂窠似一簇晶瑩珠寶，烘襯著輕盈透明的花瓣構成如此柔美的圖形，金甲蟲莊重地蹲伏於青翠欲滴的葉子上，炫耀它一身紅底黑點的冑甲。一羣螢火蟲提著熒熒閃閃的圓燈籠，檸檬黃的光暈，照亮了藍藍的夜，點燃起孩子的夢幻；敢情是照耀森林裡的小仙女出來跳舞，抑是爲小精靈領路？祇有無邪的童心，才能和動物溝通，祇有藝術家的想像力，最接近童稚的心靈。

擁有悠久文化的中國人，原是最崇尚吉祥和平的民族，四時佳節，隨時把祝福心願，用有關字義和事物編串成吉祥口采、錦繡佳句，納入生活中、融入字畫裡，閃耀在四周。而在這裡將傳統精神披上新的風貌，濃豔強烈的色彩早就洋溢出喜氣洋洋的氣氛。三隻蝙蝠圍繞著梳雙丫髻的女孩迴旋，是鴻福春日來。彩鳳從天而降，是鳳來春光溥。又鳳凰飛臨並蒂花，是花開春富貴。騎乘麒麟的胖娃娃，是天官賜福。古老的花轎乘著盛裝的新娘，是榮華富貴。……簡潔的線條繪出圖案趣味的人物，竟別有一種新穎的美。

那一幅大白鵝作人狀踮起腳趾，在孩子臉上輕啄的畫面，彷彿可以聽到他倆的叫鬧歡笑，兒童與動物的感情是多麼親暱融洽。另一幅兩個小孩，與鱷魚、袋鼠，以及腹袋中的小袋鼠一同刷牙的畫面，大家帶著早起的開朗心情，刷得泡沫飛濺，舒暢愉快。如果說那是鼓勵孩子刷牙的宣傳設計，不知要比父母嘮叨的勸告要有效多少倍！

童話和童畫，最能將美和同情、仁慈、忠誠、勤懇、勇敢，這許多人類的美德，灌溉給純眞的小心靈。不僅塑造了快樂童年，更儲存了未來一生最珍貴美好的回憶。設計者在這裡發揮了最豐富的想像力，和投注入自己全部赤子之忱，同時也引領我們大家重又回到純樸智慧的境界。

如果不爲商業需要作美麗的誑言、誇大的渲染，房屋廣告的設計，往往是一種誘惑。在噪雜、擁擠、污染的城市住久了，人人都想回歸自然、住得安逸，一帶林蔭、一片草坪、一點山光水色，都令人憧憬不已。於是什麼山莊、什麼別墅，出現在設計圖上，都成爲今日桃源、人間仙境。有的不著一字，祇寫了個「廬」，那掩映在綠蔭中的精緻木屋，幽雅寧靜，引人入勝。有的圖文並茂，一個滿臉慈祥中泛著滄桑的婦人，正灌溉著陽台上數盆花草，底下一則文字寫著：「媽，我知道這許多年都委屈妳了，妳一直那樣熱愛花草，喜歡園藝，在辛勤操勞家務、撫育兒女的漫長歲月中，那是妳唯一休閒身心的寄託，可是妳總是祇能侷促於陽台一角播弄那些小盆小草。今天要告訴妳的好消息是：我終於爲妳找到了一處可以讓妳沾泥弄土、盡情栽種花草的地方……」在那樣一篇充滿孺慕之情的文章旁，配著一幢幢有庭園的房子，怎能不令人爲之動心！

使人驚訝的是那一幀幀建築設計圖不過尺餘，怕不至少容納了數千坪社區！比髮絲還細的針筆線條，清晰的勾勒出密密層層的高樓大廈，縱橫交錯的通路大道。汽車比螞蟻還小，猶自往來穿馳，樹木不比牙籤粗，居然疏朗有致。不但分佈得均勻齊整，規模分明，還眞有立體感哩。

但是，最能喚起思古幽情、往日情懷的，還是那顯示出典雅莊嚴的中國建築藝術，一系列老屋的攝影。翹揚的飛簷、雕刻的屏門、幽靜的迴廊、軒敞的廳堂、古色古香的書房、花木扶疏的庭園，處處涵蘊著安逸祥和、散發著古樸的芬芳。面對著圖片，心早已穿過歲月長廊，走進邈遠的承平時代，重溫那悠閒溫馨的時光。

有那人物造型，表露了各種喜怒哀樂的情緒，頗具感性。有那封面設計，類型繁多，各有獨到之處。有那電影廣告，人物特寫十分突出；有那花花草草的各式唱片封套，別饒趣味。有那融合了漫畫形式的水墨畫插圖，風格獨特；有那字體的設計很有剛毅之美；有些商業插畫，很富敦煌壁畫的典雅韻味……聯合繪製的狗年狗展，是最吸引人的一組。造型奇特、姿態各異、表情豐富、個性特出、充滿諧趣。一片迎新之欣悅，溢然紙上。

在這工商業起飛的時代，藝術早已介入大眾生活，擴大領域到「繪畫的設計化」、「設計的繪畫化」。而進入「藝術步入生活」、「生活就是藝術」的境界。期待藝術家能更深入社會各層，發掘出生活的本質特徵，把握中國人的氣質和觀點。設計比現實更高更美的作品，以及承繼東方的、傳統的文化優點，揉合現代的技巧和新的創意。爲我們設計一個純樸淨化的生活環境、一個溫馨和諧的生存世界，和一個明朗美好的康莊遠景。

（設計家聯展）一九八二・一・廿四

來自泥土的控訴

生命來自大地，
泥土孕育了生命，
呼吸彷彿吐露泥土發酵的氣息，
心悸似乎透過泥土受擠壓的顫慄。
力量來自生命，
泥土哺養了豐沛的生命力，
將悲憤和沉痛化做身體的語言，
深刻的表情凝成無聲的抗議和呼籲。

走進美文中心，置身在如此沉默凝重一羣中，立刻感到空氣沉重，心情沉重，脈搏沉重。近於窒息中迸發一股瘖啞的聲波。誰有權利迫害我們的身心，剝奪我們的自由，殺戮我們的生命、摧毀我們的家園、拆散我們的親人骨肉？誰？誰？誰？……那一聲聲悲痛的嘶喊、蒼涼的申訴、絕望的求告、憤怒的控訴、哀傷的嗚咽、辛酸的啜泣、悽愴的呼籲、沉痛的抗議……強烈地表達在臉部身姿，匯成一注洶湧的暗流，衝激人心，令人血脈僨張。人類加諸人類的暴行，人類施予人類的浩劫，他們是最有力的見證。

早在螢光幕上，當圖象迅疾閃現，那悽愴的表情，那要墜未墜的淚珠，曾深深地震懾了我。雖然浮光掠影，螢光剎間消失，那印象卻一直留在我心版上。如今，我踏入這共產最後統治下的「煉獄」，躋身在越南逃亡的流民羣中：面對一個個佝僂的、疲憊的、形銷骨立的軀體，一張張憂傷的臉，一雙雙深鎖住悲憤的眉眼，一張張把嚎啕吞下去抿得緊緊的嘴，和一顆顆留在臉頰上要墜不墜的淚珠，可以感受到他們出生入死，爲生存經過怎樣一番慘烈的搏鬪，爲爭取自由付出怎樣的犧牲和代價！每個人都經歷過世上最悽愴的遭遇，每個人都申訴著人間最慘痛的悲劇。

穿過炮火，逃過殺戮，流亡顛沛的途中飽受飢寒風雨折磨，衣不蔽體，心力交瘁。那個男人已耗盡生命中的精力，頹然倒下，倒在泥濘中，讓泥土將息他。閉目蹙眉的臉上猶自流露出未能保護妻兒的無奈。兒子就蹲在他頭旁，埋首抱膝縮成一團，縮成胎兒的姿態。也許，在這恐怖的時代，惟有躲在母親腹中才是最安全的地方。而跪在一旁祈求的母親，憔悴的臉上堆砌起惶恐虔誠。不是呼救，不是哀告：祇求上蒼賜予更多的力氣，讓我們走完這一段苦難，活著奔赴自由。

小女孩雙臂圈抱著少女，將淚痕斑斑的臉蛋緊貼在她腰腹，像要把小心靈載負不下的哀傷全揉進她身子裡去；作姊姊的溫柔地抱住她顫慄的雙肩，一手握住小手，祇想把關愛和鼓舞渡給她；另外一個女孩已欲哭無淚的蜷靠在她腿畔。那樣密切偎依的三位一體，她們是三姊妹，雙親已喪身在戰亂中，長姊代母，帶著妹妹逃離了迫害，卻不知何去何從？年輕的臉上交織著愴痛、憤恨又無奈的神情，但掩不住一股堅毅傲氣，不管怎樣的逆境，總得帶領妹妹生存下去。

頭上頂著重甸甸的包袱，肩背曳著敝舊的草蓆，那婦人低眉垂目，帶著她全部財物孑然獨行，默默承受著比負載更重千百倍的，失家失鄉、骨肉離散的悲痛。壓斷了頸項，壓碎了心靈，壓抑下反而昂揚的是求生的意志，堅定朝前，別無反顧。而另外那個蹣跚的少婦，衣衫已破碎難掩，卻祇顧惜胸前懸掛著的累累贅贅，被扯得頸彎肩垂，腳步踉蹌，不勝壓力。什麼都已失去，什麼都不剩。但是，要活下去就得要有維持體力的東西。掛在胸前比貴婦鑽石還寶貴的，祇是延續生命的一點糧食和罐頭，靠著那些，可還得走很長很長的路。

可憐的孩子，一面忍受著驚駭與飢寒的煎熬，一面拖著瘦疼的小腿不停地隨著媽媽趕路，把委屈和眼淚吞在肚中，小小身軀卻被折騰得疲累不堪，迷迷糊糊躺下來，頭就重重地枕在媽媽腿上，雙臂鬆弛地垂掛在胸前，虛脫得像一袋沒有生命的布絮。母親仰天長跪，高擎雙掌，那樣全心全意，將靈魂捧在手裡，禱告訴願：神靈菩薩，請保佑孩子平平安安逃過這一場劫難罷，我願減少自己的壽數，換取他的，我將終身奉祀，修廟吃素！

好一對親親暱暱的小兄妹，是誰家可愛的小兒女！祇高半個頭的哥哥，知道那樣疼他的小妹妹，一手挽著她肩膀，臉貼著額，妹妹就乖巧地偎在他身前，自然地流露出純摯的手足之情。祇是小女孩一臉悽楚，愁眉不展，太長大的舊衣服像掛在架上，一截褲腳鬆垮垮地踩在腳跟下；小男孩卻一手扠腰挺立著，極力裝出一副勇敢的神氣，低聲安慰妹妹說：不要怕，有哥哥在，心中也許正迴響著母親平時的囑咐：「妹妹比你小，作哥哥的要保護她。」可是母親呢？還有父親呢？他努力忍住自己的悲痛，摟緊了妹妹。這世界上如今祇剩下他倆相依爲命，他必須表現得像個男子漢。

那個少女，正值青春韶華，活躍飛揚的年歲，卻獨自孤悲地用憂傷埋葬自己。看她抓髮捶首，身子折成二截，一任痛苦囓蝕她的心。日暮黃昏，蹲在海邊，漠然凝聽著煙雲渺茫的遠方，故鄉家園被摧毀，親人不知流落何方？結伴同行的未婚夫，卻在逃亡中途被射殺，從此生死兩隔絕，留她孑然一身，帶著顆破碎的心活在苦海中。

小嬰兒安逸舒適地蜷伏在母親溫暖的懷中，從乳房吸吮著生命的原汁，雖然離開了母體還是密切地聯結在一起，充滿了親情和恩情，多麼安詳可喜的哺乳圖！然而，作母親的神情卻是憂鬱重於喜悅，低眉含愁俯視著孩子的年輕臉龐，彷彿「悲慟」的聖母像。祇因逃亡耗去精力，又缺乏食物。乳汁變得稀少清淡，塡不飽小肚子，看他不安地吮著哼著，又疲乏地睡去，恨不能教自己體內流著的血液全釀成濃濃的奶汁，好讓命中多難的孩子吸取養分，茁壯成長。

衣衫襤褸的老人佝僂著身子，伸出顫抖的雙手，沮喪地望著枯瘦的手掌中，一把從甕底掏出的碎穀。貼著春字的甕已碎裂在腳邊，再也沒有存糧，沒有可以充飢的食物。站在一旁盯住期待的女孩，吮著食指，兀自饞涎欲滴；另外一個卻絕望的投進母親懷中，母女相擁對泣。那個一家之主的男人，悲憤又沉痛地跪在地上，無語問蒼天：這樣的苦難，究竟要忍受到什麼時候？誰來拯救我們於飢寒交迫、水深火熱中！

沒有一齣悲劇比眞實人生，將自己的遭遇現身說法更可悲；沒有一種聲音語言，比流露在臉上身姿的神情更能表達內心深重的創痛憂傷；也沒有一種生命，比忍受過煉獄折磨，暴力迫害，而依舊掙扎著活下來的生命更堅毅深邃。而在這一系列用泥土塑捏複製的人類中，是如此動人的告訴了觀眾這些——不是秦時威嚴尚武的英雄戰士，不是唐代慈祥喜樂的菩薩陶俑；不是古希臘表現人類力壯美的雕像，不是米開朗基羅的聖神和奴隸，羅丹的六市民。更不是廟宇神殿的供奉，公園會堂的陳列。他們是活生生的人——從苦難中站起來，自泥土中走出來。可以感受到生命的氣息，體會到感情的衝擊，生命在壓抑下所反射出來的堅忍剛毅，和逆來順受的韌力。他們反映出大陸上共產統治下，和越南難胞海上漂流的悲慘生活，也代表了這一個動亂時代中所有受暴力迫害的人類——過去最殘酷慘烈的要算日本侵略中國，不知多少人民被蹂躪殺戮，不知多少土地財物被破壞摧毀。祇是沒有人像畢卡索畫《格爾尼卡》那樣，本著藝術家應有的社會良知，畫出當時悲慘的場景，作爲他對人性泯滅的侵略者的控訴和指證。而今天，我們這一代的雕塑家，那個來自泥土的年輕人，雙手將這些震懾人心的作品，重呈在世人面前。

握一把單純的泥土，握住躍動的生命，握緊創作的衝動，以悲憫的胸懷，關愛人類的苦難。以自己坎坷的身世，體會生存掙扎的歷程，而以敏感的觸覺，去感受那感覺世界，把抽象的感受，直接塑造出具體的形象。粗糙的泥土質感使造型有堅定的力量，細緻的表情生動地傳達出內在的感情和精神，衣褶皺紋裡留著把捏的痕印，那靈巧的手指更賦予生命。沒有自我炫耀，沒有刻意經營，摹倣和跟進，也沒有虛僞和矯飾。雕塑者祇是憑藉自己對藝術的熱愛，對宇宙生命的敬誠，孤獨地、赤忱地，把自己如同柴火般投進藝術的洪爐，燃燒復燃燒，鑄煉出自己獨特的風格。至善的理想和完成，也祇有在這種恆力不斷錘鍊淬礪之後，才能實現。

而那個一身散發著泥土氣息，自稱爲藝術被迫上「梁山」居的雕塑家侯金水，巡逡於他心愛的塑像間，看來顯得那樣樸拙、壯健、粗獷而深具潛力，自己就像一座帶有原始意味的塑像。沒有任何學歷的他，自泥土得到豐沛的生命力，自生活得到經歷，自社會得到教養，自工作得到技巧，自悲劇人生得到靈感。就是那麼一個自我發現，自我教育，自我訓練，自我奮鬪的人。他爲這一代受苦難的人類留下永恆的見證，也爲我們根植於豐沃土地上的民族文化，創出新的源傳。

（「煉獄」雕塑展）一九八二・十・七

童心・童趣・鄉土情

對遲鈍的心靈來說，大自然了無生氣；對啓發的心靈而言，整個世界都在燃燒，閃耀著光芒。

——愛默生

那閃耀著的是金色的陽光，是藍藍的天空，是廣袤的綠野田疇。
空氣中蒸發著稻香，草木的青氣，和泥土的芬芳。
農舍前雞犬相聞，阡陌間牛羊漫步，
踏板嘰咉嘰咉，渠水順著彪骨車注進田裡，

風鼓呼嚕呼嚕，穀粒揚去糠皮簸入箕中。

孩子們在坪上放牛放風箏，在草叢裡捉蟋蟀，在田隴上扮演布袋戲。

農夫勤勞操作的聲音，家畜的鳴吟，兒童的嬉笑，組成一支歡暢的農村交響曲，迴盪在自由天地，飄揚在綠疇平原——

是那顆啓發的心靈，用圓熟的線條，鮮麗的色彩，以及對鄉土純摯的感性，對生活的熱愛，對藝術的虔誠，點燃起那個美好的田園世界，向我們發出光芒。

發源最早的我國木刻版畫，融鑄有古時碑文，漢代石刻的雛型，傳統年畫的精粹，民間剪紙的趣味。原是最能代表中國風格，具有民族典型的藝術。而以木刻的特殊效果來表現農村生活，田園風光，鄉土風俗，民間藝術，尤其顯得樸素眞切，別饒趣味。那個運刀如筆的木刻家，生長在農村，從小和稻禾、甘蔗、蕃薯等農作物、樹木青草一起成長，跟水牛、綿羊、貓狗、雞鴨，以及青蛙、蟋蟀、烏秋鳥等爲伴。莊稼人自泥土中討生活的刻苦勤勞精神，大自然莊嚴和諧的美，大地的豐腴和溫暖，這一切深深植根於幼小的心靈中，涵蘊在純摯的感情裡。從繪畫中選擇了木刻版畫，將自己投入其間，孜孜不倦地琢磨了卅年。不僅是對藝術無止境的追求，更是爲表達他對鄉土，對大地，對農村生活，對兒時興趣那份淳厚的感情、深摯的眷戀，和無限感恩，找對了最適當的路徑。他把握住人、事、景、物的神髓，在強烈鮮豔的色彩裡揉入豐沛的感情，以粗獷圓熟的刀法刻劃出精確的形象。呈現在我們面前的是如此親切生動意態盎然、趣味橫溢的一幅畫面。

圓滾滾的簸穀機聒噪地轉動著，穀粒像一注金色發光的流，不停地湧升、滾動、翻騰，傾瀉一地。有人忙著用長耙集攏成堆，有人忙著拿簸箕裝盛，倒進籮筐。農婦們在忙碌中顯得剛健活躍。那個小男孩緊抓住操作機器中母親的衣服，唯恐自己迷失在那股忙碌的風潮中。「農忙」洋溢著收穫的喜悅，不由得讓人想一握金色的穀粒，親親那維持我們生命的寶貴地糧。

沐浴著柔和的晨曦，比太陽還起得早的農夫，那樣肩並肩地扶著木架，動作一致地踩個不停。噢，可不是原地踏步，不是晨跑，是「車水」。隨著起伏的步子，長長地伸出溝渠中的尨骨車，正一波一波汲上水注進田裡，幾乎可以聽到新苗吮著水滋長的聲音。難得哥倆靠那麼熱乎，說夠了農事，就唱一支山歌吧！哥車水嘍，妹插秧喲……

大石磨沉沉隱隱地旋轉著，四周流出稠稠的米漿似天山溶雪。嫂推磨，姑添米。「磨粿」又蒸粿，新米做成香噴噴的米粿，揉進一份莊稼人的誠敬，好酬神謝天公。而那「農婦」抱著滿懷的稻穗，臉上盈盈的笑意和照耀她的陽光一樣燦爛。一身煥發著勞動所化妝的健美，屬於大地的好女兒，正是我們現代農家女典型的形象。

若不是對動物有著深厚的感情和默契，雕刻下的牛羊雞鴨怎能顯得那樣傳神而具有個性？看牠們馴順而又自在，與豢養牠們的人完全友善相處，無言依賴，竟是一團和氣！出現最多是牛，而最特出的是牛的眼神，隱約閃爍著內斂的智慧，生動地流露出喜怒哀樂的表情；「牧童與牛」中那隻壯碩的水牛挺立在水中央，橫眉豎眼，側目睨視著待牽牠出水的牧童，眼光流露出抗拒的野性正在發牛脾氣，牧童一味笑顏安撫，低聲哄求。飛來一隻烏秋怡然停息在龐大的牛背上，人與牛的爭論和牠全不相干。「親情」中那隻脊骨稜峻的老母牛，凝視著吃乳小牛的眼睛裡，除了那股舐犢情深的溫柔，還摻著悲哀的憂愁。像一個年老力憊的母親，擔心稀少的乳汁餵不飽孩子，接觸那眼神不由得教人惻然心酸。而「晨牧」中被農婦牽出去吃草的黃牛，俯首低眉，顯得那樣乖巧溫順。還有耕作中的牛，一副任勞任怨、順從命運的憨厚相；在泥水中沐浴或蔭棚下休息的牛，垂瞼矇矇，完全與世無爭的模樣。千百年來，牛一直扮演農村的重要角色，服勞役的長工，卻從來沒有人了解牠們竟如此富有感情。

「養鴨」裡那個健壯的少女抱滿籃黃澄澄的穀粒於懷中，卻衹握一把在手，逗鴨子們前來掌心啄食，看肥壯的鴨們引頸撲翅，圍向少女爭索的猴急相，彷彿可以聽到呷呷的喧嚷聲；彎彎的鴨眼盈著信賴的笑意，人畜之間是那樣親近，襯著一池塘蓮花荷葉，益顯得畫面清新生動，充滿活力。

收穫後，賀新春，左鄰右舍，大夥湊在一起吹簫弄笛、彈琵琶、拉胡琴。繁管密鑼，弦索琤琮，不管它南管北管，同聲協調，譜出悠然的「農閒樂」。

套上牛頭、扮小丑、耍功夫、牽犁耕地的不是牛，跨上駿馬，舞戡劍，翻筋斗，團旋引路喝道呈威風。鑼鼓喧天，香煙繚繞，演一齣「牛犁歌陣」，扮一場「布馬陣」，娛樂菩薩，保佑五穀豐收，六畜興旺，家宅平安，國富民泰。

「放風箏」，渴望起飛的也許不祇紙紮的風箏，還有童年繽紛的幻想。像老鷹般壯健，像蝴蝶般美麗，翱翔於空中，遨遊於藍天，是怎樣的逍遙。跑得快，飛得高，且載著那小小雀躍的心靈上天去吧。

噢，看是什麼人能把英雄豪傑、歷史故事、民間傳說，全匯集在一根草垛上！是「賣玩偶」的，揹著一垛布袋戲人物，像磁鐵般吸引了孩子們的追逐，伸出雙手直嚷我要！我要！能摸一摸、抱一抱戲台上電視裡的人多好。看那個「村童」多開心，媽媽給錢買了玩偶，就在田岸上演獨腳戲：藍天是幕，草坡是舞台，黑羊白羊是最好的觀眾。演一齣史艷文鬥二齒，演一齣關公耍大刀。

那四個活力充沛的小男孩忽然靜下來，看他們俯伏在地上那副屏息停氣、聚精會神的模樣，原來是參與一場戰爭：「鬪蟋蟀」。細細的草莖是導火線，發動一次又一次廝殺相拚，誰勝誰敗，總不過是遊戲。

孩子人稚眞的心中，都有原屬於他們的、純樸智慧的境界，惟有仍保有赤子之憂的藝術家，才能通過藝術手法，重溫兒時情趣，讓人感到童心來復，生趣盎然。村童們更是一個個壯健活潑，神韻生動，相貌堂堂，衣著鮮明。正象徵國家明天的希望。

時光不會倒流，而那個邈遠的時代，卻透過木版重現，多麼隆重，多麼壯觀，又多麼熱鬧！錦旆招展，燈籠高照，鑼鈸嗩吶開道，弦管笙笛演奏喜樂，龍鳳絳帳轉出百年好合，披紅掛采的新郎跨著駿馬，縷金雕鳳的花轎端坐新娘，長長一列隊伍祇爲迎親。婚姻是人生大事，傳統的古禮，顯示中國人對倫理和禮儀的重視，也反映歌舞昇平時代民間繁富的習俗，九百四十公分長的巨構「迎親圖」，點起那源遠流長的傳統香火！

七十多幅強調寫實主題的畫面，引領人們進入一個陌生而又如此親切、遙遠而又那樣接近的田園世界：勤勞、純樸、寧謐、安詳，處處洋溢著生命力，散發著泥土和草木的芬芳。是現代農村的新風貌，自然與人合而爲一的大和諧，讓我們拓寬視野，擴展胸懷。

謳歌田園，頌揚大地，不是爲鄉土而鄉土，或爲藝術而鄉土，完全是生長其間，從生活實踐吸收的印象，自親身體驗得來的靈感。入木三分，不祇是圓熟有力的刀法，還有深厚濃郁的感情，那個熱愛本鄉本土、熱愛生活的木刻家，在每一幅嘔心傑作裡都蘊藏著他心靈的喜悅和眷戀。

提倡木刻應奔向自然、走向原野的英國木刻大師蓓克曾說：「藝術可以改造人生，而簡樸的鄉村生活，可以創造更純美的藝術品。故鄉的田園是一首抒情詩，我不能使用美麗的詞句歌頌田園，但我願意將故鄉的一草一木，像小詩般，一幅一幅表達出來——」林智信正是那樣將故鄉的一草一木、人物家畜、風景民俗，像一幅幅田園小品，生動地展示在我們眼前。像一支支動聽的山歌，迴盪在那片純淨的天空，向四周播散清新的氣息，向我們發出光芒。

（林智信版畫展）一九八三・三・五

掌中別有春

我讀過許多文學小品，有的有那雋永深刻的內蘊，有的有那眞摯樸素的感情，有的有那清純超逸的靈性，有的有那優美典雅的文采。全都是豐美的精神糧食。

我聽過一些音樂小品，有的有那溫馨柔和的旋律，有的有那愉快明朗的節奏，有的有那高山流水的行板，有的有那婉約曼妙的情愫。全都是滋潤心靈的營養。

我看過不少繪畫小品，有的有那高遠超凡的意境，有的有那綽約飄逸的韻致，有的有那高潔雋俊的神采，有的有那清新卓越的創意。全都是美的喜悅和享受。

而此刻，我面對著另一種可以閱讀、可以感受、可以觀賞，更可以觸摸的小品；沒有一個字，彷彿也有詩情；沒有一點聲音，似乎也流轉著音樂的韻律；不著一筆顏彩或水墨，恍惚也顯示出畫的筆意和氣韻，而更多一份三者所沒有的盎然生意，鮮活氣息——那是大自然生命的縮影，擎天巨樹、蒼鬱古木的雛型，所有花草植物自己的詩情畫意；掌中小品、小品盆栽。

生命不是奇蹟，但又似乎像奇蹟。可以頂天立地，充沛宇宙，可以納入芥子，涵蘊纖微。那片盆地，小不過盈寸，大不到一尺，祇在那淺淺方寸之地，就憑那小小一撮泥土，樹木花草移民於此，開拓了植物的殖民地。有來自山谷平野的秧苗，有分自百年大樹的幼根，有截自參天古木的枝枒，有培植了五年十年的種籽。汲取著天然的養分：自陽光、空氣，和清水。接受那善意的導引和扶持，從人的愛心、耐力，和慧心。徐徐扎根，悠悠成長，歲月的催促祇留下很淡很微的痕跡，往往三年、五年比不上平常一季的蓬勃滋長。凝聚昇華的生命有它自己對形象的願望，和種花人心靈所欲表達的美的構想。奇特不失自然，約束不傷生意，蘊斂不減天趣。可以是根節蟠虬，筋骨畢露。可以是奇崛突兀，風骨嶙峋；可以是聳榦參天，埋根拔地。可以是遒勁樸拙，蒼古斑駁；可以是繆曲迴旋，堆雲疊翠。可以是垂枝覆葉，俯偃生姿；可以是縱橫斜欹，翹揚返顧。可以是疏瘦清癯，幽雅俊逸；可以是峭削陡立，剛健挺秀。可以是豪邁狂放，灑脫不羈；可以是懸崖奔瀑，氣勢壯闊。可以是纖弱柔靡，窈窕有致；可以是玲瓏剔透，綽約多姿。可以是綠蔭宜人，蔚然成林；可以是自在放逸，饒有野趣。可以是孤竹清標，負霜青翠；可以是傲雪寒梅，潛虬盤錯。

蘊藉內斂的生命竟自成一種性格，一種形勢，一種氣氛，一種意境，一種韻致，一種風情。

一種性格，讓松柏有它的蒼勁樸拙。蟠虬的根端卻放射出數叢綠色太陽花，那是錦松，細細長長的針葉四向迸放，勁力十足，像箭在弦上，蓄機待發。針葉稍短的黑松是錦松的兄弟，蟠榦斜欹，五七枚松朵翹揚枝椏，宛如一把把打開的翡翠小摺扇，扇出一片清涼。細緻的蝦夷松稠密地攢集在峭聳兀立、風骨凜然的樹梢，古意中透著新潤。龍鱗斑斑、枝榦屈伸如張爪拏攫的紫杜松，有傲睨羣樹的雄姿。那濃縮萬年於懸癭累節的嶙峋水松，頂著層次分明的葉蕈，有高樹綠堆雲的軒昂。而那兩株參差排列，屈曲撐拒又返顧有情的五葉松，猶如母子相偎，枝葉輝映，竟流露如許醇濃親情。

一種形勢，讓楓和槭有它的壯麗俊逸。那一株三角楓森然雲挺，翠葉披覆如帷，顯得婆娑多情。那一棵山槭潛虬的根株陡然傾折下垂，卻又翹揚返顧，彷彿斷崖懸瀑，氣勢險迫。紅榨槭豐碩的葉子如一片華麗的彩霞，停憩在縱橫枝榦；三株青楓若即若離，參差成山字，影映高低，疏朗有致。紋刻深痕的百合姬楓，嫩葉鮮潔，纖枝似玉。矮矮的千染楓，枝梢分歧細密，渾圓撐開似絹羅小傘，卻是未秋先紅顏。鱗斑龜裂、苔蘚蒼蒼，分明是松柏樹身，卻長著五出的楓葉，錦皮楓很有古木的情趣。一種叫獅子頭的楓，枝椏粲鷲彎曲，葉子修長反捲，看來還眞像毛茸茸意色酣怒的獅子。青垂枝楓翠葉披拂，纖秀柔靡，羽衣楓輕盈俏麗，一脈清幽；三七五楓，好奇特的名字，裂刻全不按規則的葉子，修長纖麗，具有竹的瀟灑飄逸。

一種氣氛，一種意境，讓榆和櫸有它的樸實和蘊藉，讓竹有它的超逸和幽邃。結實的枝榦繆曲盤旋，細小的葉片疊翠堆雲，豪邁中透著精緻，那是榆。蒼秀高華，一枝高軒雲挺，綠葉低垂紛披，森然如帷，那是櫸，涵藉著濃蔭幽意。山毛櫸有著美麗的樹幹，三五株並列，影影綽綽，色澤深淺不一，很有山林的詩意。梭羅的葉子寬柔溫潤，枝梗細而直，密密羣植，蔚然成林，另有一種幽意。直幹折曲彷彿躬身相迎，濃綠光亮的小葉綴滿密密分歧的枝梢，小蘗給人的感覺是豐盛又安泰，藹然可親。忍冬竟是那樣扭曲糾纏，伸展盤旋，婀娜又剛勁，光枝椏全是力的表現。纖細的墨竹，清清癯癯，蕭疏俊秀，已具有高逸灑脫的風致，葫蘆竹節節高，竹節渾圓鼓突，長葉密密叢叢，枝柯交錯，鬱勃勁節，恰似「翠竹森若堡」。

一種韻致，一種風情，讓各種不同的花樹有各種不同的丰采和神韻。小巧伶俐的六月雪，細緻的葉子還鑲上白邊，枝條纖柔，有的一枝斜橫，彷彿展伸欲飛，有的根鬚盤虬，玲瓏透剔。小銀杏木厚質精雕的葉片，就像一枚枚綠玉杏仁，密密集結柔韌無比的枝椏，彎曲自如，伸縮隨意，可以是層疊如雲，可以是懸崖倒垂，最是動靜皆宜。落霜紅，負霜鮮豔，小小顆粒纍纍攢集葉掖梢枝，眞箇是離離朱實瑩如玉。而不過三四寸，卻開滿小花的米粒杜鵑，竟有十年以上的花齡。百日紅有盤曲茁壯的樹幹，樹皮卻光滑細緻美得冰肌玉骨。蔓枝纖莖依依挨挨地伸向空間，滿天星顯得那樣慵懶，等得春來竟是一副嬌柔無力的媚態。石楠撐著寬闊的葉子，濃濃綠綠，憨厚而帶點富泰。長壽梅曲折迴旋，古意盎然；叢叢翠葉似劍的石菖散發著清涼。野漆的嫩條昂揚翹致，有似燕子展翼凌空；山藤的韌枝扭絞揉升又作弧形返顧，有如蜻蜓點水……

而那些盛著泥土，栽著自然生命的容器，又是些什麼樣的陶瓷小品？質地上有樸拙的朱泥、典雅的黑陶、細緻的青釉、精巧的彩瓷。形狀有圓的橢圓的小盆，方的長方的小盤，六角八角的小缽。淺淺的小盆，深深的小甕，三角似香爐，稜楞如古鼎，配上古色古香的紫檀木花桌花几，是那樣典雅可喜。

一盆壽梅，一幅字畫，雅人深致，無限思古幽情。

一缽松柏，一尊佛像，佛前清供，一片清淨超逸。

一撮修篁，一張竹簾，相映成輝，清涼沁人心肺。

一盆青翠，數卷書帙，案頭長相隨，神遊心馳，最是提神、醒腦、養眼，靈思暢溢，心曠神怡。

盆栽盆景，這份最具有中國人精神文化色澤的生動藝術，已是歷史悠久，早在萬曆年間屠隆的《考槃餘錄》便這樣記載：「盆景以几案可置者爲佳。最古雅者，如天目之松——似入松林深處，令人六月忘暑——如水竹，細葉簳消疎可人，盆植數竿，便生渭川之想。」而清朝亦有「陳扶搖花鏡」，專門教人培養盆栽。衹不過時代變遷，生存空間縮小，生活步驟緊促。再也沒有軒敞的廳堂，深邃的長廊，寬廣的庭院，來安放雄偉幽邃的山水盆景，栽種繁茂的花樹植物；那就納須彌於芥子，且讓蟠虬根節，清癯枝簳，蒼松古柏，青楓修竹，野藤韌葛，纖莖嫩株，全昂揚縱橫於寸土上，放逸才華於盂缽中。凝眸處，案頭也有平野山林的情境，架上也有藤蘿糾纏的野趣。神馳間，窗台有松楓森然雲挺，修竹瀟灑飄逸，幽韻無窮。几上有六月雪、銀杏木，風姿綽約，生意盎然，眞箇是：

四時青不凋，掌中別有春。

（盆栽小品藝術）一九八四・元・十九

古文明的魅力

當現代中國人跌跌衝衝走過二十世紀末，正在為接待千禧年擾擾攘攘，科技當道，電腦囂張，物慾橫行，文化藝術越來越黯淡失色時，外雙溪山麓的巍巍文化殿堂，卻悄悄通過深邃無底的時光隧道，從「難于上青天」的僻遠地區，迎來了公元前一千多年前的神祕客：華夏另一支被遺忘的古老族羣所創造的藝術圖騰，失落在歷史邊緣沒有記載的原始文明，一九八六年在四川廣漢發現的商代古蜀國精品文物，一個被霸權覆滅的神話王國、一個為錯失遺忘的青銅時代。沉埋在地層下三千多年，古人從不知道，今人更不清楚。就是這一代人，在十二年前也未曾聽說過。而今天，我們卻有幸可以瀟瀟灑灑去故宮拜會瞻仰，是何等的福分！

微薰的暮春天氣，揀一個清新的早晨去訪古。廣場上陽光璀璨耀眼，一處處蒼翠掩擁綠瓦粉牆。推開厚重的玻璃門，疑是一腳跨越陰陽界；恍如地穴下的陰冷，祭坑中的寒悚，燈光熒熒灼灼，神其影影綽綽，展覽場所的氛圍顯得神祕詭異。

屏息仰首，視線驟然接觸，卻似電流迅疾貫穿，身心震撼，神經戰慄，卻被強大的磁力所吸住，竟是瞠目結舌，悚然懍然，原地肅立。也曾看過一些圖片，也曾讀過篇章介紹。當面對面瞻仰、當高大頎長的青銅人立像巍巍兀立於身前，巨目俯視，神情嚴峻，凌厲懾人氣勢直逼而來……而那銅人祇是肅穆端立，沉默以待。

仔細端詳這位「古文明傳奇」中最大、最完美的立像，一七二公分是一般男人的身高，腳踏二層地面，地基中間四頭怪獸頂著的支架，共三層底座，全高二六二公分。必須調適距離，抬頭仰望，前後左右，觀察審視，才能瀏覽寶相及全身。

修長瘦削的身材，長頸與纖腰一般粗細，特別粗壯的雙臂高抬齊胸，特長的手指握成環形斜斜相對，看來所持之物一定不輕，比例上似將傾折。長袍下露出石柱般的小腿，結實的腳趾鐵耙般扣住地面，巧妙的取得了平衡，險伶伶如鐵塔挺立。一襲伏貼的雞心領左衽長襟衫，後襬放長裁剪成燕尾，布上織出迴字及獸面花紋。冠冕頂上雙葉拱著正綻放的花朵，帽框緣飾迴紋圖案。耳朵穿有環孔，雙腕各戴三手鐲，足上兩雙腳環。這一身穿著打扮，顯出銅人高貴的身分地位，也得悉那時的人已非常注重裝飾與儀表。

臉部五官是最誇張的突變，完全顛覆了華夏民族的傳統形象，像菩薩、佛祖、秦俑，以及所有東方人種的小眼睛、低鼻樑、尖圓下巴。看他一臉稜稜角角，雙翼般招風大耳朵，刀削濃眉，暴突而稍帶菱形的大眼、眼角斜刺太陽穴、眼神專注，蒜狀隆鼻，闊嘴薄唇、緊緊的抿成一線橫過腮頰，這樣的組合，這樣的臉譜，卻奇妙的表達出生動的神情，冷峻、嚴肅、剛毅、深沉，慍而不怒、威猛內斂、專注的觀照、認眞的思考，沉默中凝聚著一種執著、一種狂熱、一種威信，可以釋放成焚燒城地、妖魔、邪惡的烈燄，可以凝斂成鋼鐵般的意志力量。大耳朵諦聽宇宙萬籟、眾聲喧嚷。大眼睛凝視天地萬象，明察秋毫。

如此莊嚴肅穆，莫非是神通廣大、眾生膜拜的神。

如此權威尊貴，莫非是統治疆土、百姓敬畏的王！

祇不知雙手鄭重捧持的寶物是天杵，還是權杖？

凡塑像面具，多少總有人的實質，再加上想像、創意、模擬，審美和技巧，作成心目中所需求的造型。傳說古蜀國王「蠶叢」其目縱，而從四川出土的銅人最大的特徵就是巨目。從立人像到四、五十件大大小小的人像、頭像和面具，儘管髮飾不一，有戴迴文平頂冠，有戴雙角帽，有盤髮辮作框，有在腦後插蝴蝶結花笄，還有戴黃金面罩的，卻一個個都是菱形大眼，似乎與縱目族有淵源關係。

人面像中有一個耳朵大到斜斜向上方伸張，彷彿展翅待飛，眼珠伸出眶外成柱狀，竟長達十六點五公分，讓人想起《封神榜》中的順風耳、千里眼，原來這樣人物早就有了。但小說寫於明朝，不知作者從何得此印象。

縱目族中也有一個另類哩：圓頭圓臉、圓耳朵圓眼睛、扁鼻子、齜牙咧嘴、瞪眼瞋目，繩索似的頭髮上梳又倒翻如耙，叉腿跪地，雙手外撐，穿丁字褲，模樣猙獰而有點叛逆，想是那時候的新新人類。

那時大概神、人、動物和平相處，有好些禽獸的鑄像，比起人的嚴肅來，還比較和善些。鳥是最受鍾愛的，原形依稀、造型各具風采。最大一座巨鳥頭像，高四十多公分。神態昂揚孤傲，簡潔的線條勾勒頭顱，再向上猛一轉折變成勾喙，寬深的陰刻更凸顯出奕奕有神的巨眼、強有力的利喙，那樣默默凝視空中，竟是滿腔心事，無語問蒼天。

這隻特別渾圓飽滿的銅鳥，神態安詳，圓頭圓眼圓胸膛，長長的尾巴變成圓弧，卻平平伸出啄木鳥似的尖喙。原來頭上戴著華麗的王冠哩，鏤花高頂、迴文帽沿，後垂披兜及背，是重甸甸的負荷使牠端莊而有點小心翼翼，不知鳥神抑是鳥王，威儀中帶有稚氣。

看牠那意氣風發，歡欣鼓舞的神采，人都會受到感染。頭上翹揚著三支美麗的孔雀羽翎，與上下翻捲的花式長尾呼應對照，胸飾波浪紋，雙翼鐫刻深痕。結實的爪子緊扣住吊鐘花花蕊，圓眼前望，尖喙開啓，一副起飛前引吭高鳴一曲的英姿，生動極了。而另一隻穩穩佇立花蕊，飽滿的前胸花飾如綿，尾翼上下翻捲成迴紋，頭上竟是人的面具，與銅人相似，祇是圓眼珠顯得親善、闊嘴在微笑。高十二公分不到二手指，鐫刻精細，神態生動，人鳥渾然融合爲一。這幾件小品都屬於神樹的部分。瑰麗的青銅神樹未展出，有照片，高三五〇公分。樹身俯仰彎曲的枝梢上著滿花果，花上棲憩著姿態不同的鳥、鳥人，還有龍。動植物相依相親，欣欣向榮，洋溢著生命的靈動，是對植物的敬重。

如果縮小一倍陳列在飾品櫃中，品味高的女士們一定以爲是創意高手新設計的胸針。祇是極簡潔的幾組平面青銅線條，或延伸，或彎曲轉折，或勾勒，便完成了三隻翩飛、滑翔、下降中的抽象鳥形。動作準確，姿勢優美。

還有高八一．六公分的鳥足人像，人鳥渾然一體，更顯得奇特詭譎。

據民族史學者指出，上古時有東夷族自山東到中原被稱爲「蠻」，再遷四川在古蜀國稱王爲「蠶叢」，保存原來鳥的圖騰，所以鳥在縱目族特別受重視。

平常看慣了張牙舞爪的蟠龍，再看到這條「蹲」在鐵柱上的長著一對羚羊犄角的變色龍，咧著巨嘴，利齒稀疏，下頦垂著一綹老夫子鬍鬚，彷彿正待呼風喚雨，躍身雲霄。轉過柱後，原來還有長長的龍身俯貼柱壁，筆直下垂至尾端翻捲成環，後爪堅扣柱側，前後身一動一靜成對照，饒富趣味。

好一隻俊俏的銅虎！虎身修長，線條柔和，虎背微隆，腰腹如削，長尾平伸微揚，耳朵尖豎似角，鼻子翻捲，張開虎口露出虎牙，一副擇定目標蓄勢俯衝的姿勢，卻又威而不凶，渾身鐫刻斑斕雲紋，嵌淺綠玉石，華美優雅。

一條長蛇委婉伸長，蛇頭擱得高高的，嘴半張半闔，眼朦朧微瞇，惺忪又帶點憨厚。

珍罕的青銅文物，除了最奇特的銅人、動物，還有眾多禮器：「龍虎尊」、「六鳥三牛紋尊」、「四羊四鳥紋罍」、鏤花「銅牌」，像巴掌大小的「瓜形、「吊鐘」、「鸚鵡」飾品，一串三枚銅「海貝」，一些酒器，以及許多玉石器。一共展出二五九件，瀏覽一遍能重點觀賞已目不暇給了，哪能一一細看？自第一眼的震懾、激賞、感動、讚嘆、歡喜，三小時浸潤在美的感受中，作一

次超越時空的神話藝術巡禮，享用了如此豐盛的文化饗宴，要怎樣感謝主人

——所有美的創始者。

奇蹟的創始者，那一支神祕消失的族羣，歷史不曾記載的人。他們一定具有最高的智慧、天賦的才華、敏銳的審美、豐富的想像力、精密的頭腦和靈巧的技藝。竟在蠻荒混沌時期，便懂得鑿石煉銅，澆模熔合，鑄造高難度的銅人銅器，樹立獨特的風格，創作不同的造型和激發性的抽象藝術。怪的是有這樣精湛完美的藝術造詣，卻沒有文字。原來美感與創作才能是與生俱來的，而文字最後才發明。一切思維、理念、設計、感受等等述說、傳達、記錄，全憑「圖象表達」，而沒有「文字表達」，眞是太難了。

我們可敬可佩、手腦萬能的先民，是那樣全心全意付出他們的智慧、精神、心力、辛勞、榮譽和人生歲月，那樣虔誠地投入他們心中的理想、信仰、願望、期許和祈福。以辛辛苦苦琢磨出來的技術，合作鑄造出心目中祈求的形象圖騰，建立天人合一的神話王國。而當這羣原始創造者短促的血肉之軀早已化做塵灰，消失於時空大野，那些千錘百鍊金剛不朽之身，都在三千多年後，

從黑暗的地層下重見天日，抖一抖泥土，擦一擦鏽斑，依然風采如昔，威儀不減。凜然屹立於文化殿堂，散發出神奇的魅力。讓有緣瞻仰過的二十世紀人類，在驚豔激賞、讚嘆、感動之際，留下深刻的印象。誰能忘記那肅穆詭異的身影面貌！那深深凝視、懾人心靈的巨眼，和那些美麗、有趣、揚射著生命力的可愛動物！

我們歷史的記載華夏文明淵源於中原黃河流域，如今三星堆文物大宗出土，且打破傳統侷限，更富創意，首鑄罕見的青銅人像，連早年發現的太湖「良渚」文物，顯示長江流域同樣有豐沛的原始文明，不是獨一無二、是多元化的。可能歷史要改寫，美術史要重編。

三星堆燦爛古文物的橫空出世，已成爲轟動國際的大新聞，列爲本世紀以來最爲重要的考古發現。國內早就有許多專家在進行探索研究，各國都有不同專家學者要參與探討。華夏古國疆域廣袤，民族眾多，先民中更不少曠世天才。無盡的古文明寶藏，中國人的驕傲，且待慢慢發掘吧。

（三星堆青銅古物展）一九九九・六・廿一

後記

最早有一個時期，也許是由於長期蟄居偏僻小鎮積累的壓抑，我對紀德「別停留在與你相似的周遭，如一個環境正與你相似起來，或是你自己變得與這環境相似，此刻它對你已不再有益，離開它。」的說法，頗有同感。

快車不停靠的小鎮，直行無阻的長街，兩排糕餅、茶葉、雜糧行，一家兼賣文具的小書店。沒有藝術氣息，沒有文化活動，人文空間一片荒蕪。民風淳樸，卻閉塞落後。生活寧靜，卻了無生趣及新意。竹籬外牛鈴聲聲串起晨昏。鳳凰樹蔭蔽的小木屋中，綠窗下有人勤耕字田。寫寫歇歇，日復一日。花開花謝，年復一年。美好青春到哀樂中年，消磨了最珍貴的時光。

隱蟄太久，讓人迷失。困頓太久，讓人抑鬱。壓抑太久，讓人沉滯。

那年去台北，那個有著浮華富貴、奢侈鋪張，也有著優雅高尚、文明展藏的大城，對我還很陌生。因爲陌生，孤獨，可以凌駕一切。獨自闖蕩巡逡，走進一家家靜靜敞開的幽雅藝廊、一座座默默歡迎的古典館院、一處處自由自在的人文空間。幾番進出，開啓了我心靈的視窗、精神的領域。

孑然一身，踽踽獨行。不管是廊舍、院館、場所，可以凝聚心力，可以放空自己，投入周遭關注的對象，仔細的觀察，慢慢的端詳，靜靜的體會，專注的研究。感受到一份共鳴、一份呼應、一種領悟、一種契合……美的喜悅似暖流般滲融於脈動，竟是物我相忘。

學會了去看，懂得了欣賞，覺得世界變得更豐富多采，萬物都閃爍著美。

遷居台北，如魚得水。「別笑我那份貪，祇要當我有足夠的體力，我總是高高興興去領略、去欣賞、去體驗、去觀察這大千世界種種展示。住在台北就有這點好處，平常日子，那許多開放性的故宮博物院、歷史博物館、國父紀念館、美術館，以及各家畫廊、藝術中心、什麼舍什麼坊的，要仔細認眞看起來，還眞看不厭看不完。再加上一年到頭各式各樣畫展、雕塑展、陶瓷展、攝影展、設計展、書展、花展、發明展等千百家展覽，以及處處人文空間、優雅景點……」（摘自《倚風樓書簡》〈從格爾尼卡想起〉）。我將參訪行程列入平靜生活中的重要一環，作業告一段落，便「任性逍遙，隨緣放曠」，便服輕裝，踽踽獨行。可以起個早去等候館院開門，趁人少空氣潔淨時先開始仔細瀏覽。可以挑個不冷不熱的日子，去舊書攤、去書展檢閱，搜搜尋尋從上午到亮燈。浸泡在圖書館裡時間總是嫌太快。有時，卻也喜歡去兒童閱覽室看那些活潑好動的小人兒，一個個靜止在書畫中的乖巧模樣。去花展沾一身花香，滿眼繽紛。中山廣場的噴泉下是最好的休息，看兒童學步、少女蹓狗，悠揚鐘聲如花瓣飄墜。橋從陸地兩岸拔起，凌空橫亙，底下車如急流怒潮，橋上人似螻蟻熙攘。暫立橋上，俯瞰人間十里紅塵，仰視天宇白雲蒼茫。「獨立市橋人不識」，我也喜歡這樣的境界。相遇相識都是緣，珍惜緣分。

心靈上有一份潤澤、精神上有一份寄託，生活情致自在閒逸，這樣的日子，很愜意。

或說：「任何事情如未曾用筆寫下來，如同沒有發生。」高興我寫下了那些鮮活有趣的印象：當時分成兩系列進行。小部分以書信體寫在「倚風樓書簡」中，該同名書早已出版；大部分嘗試另一種文體，當初以「忘憂草」專題，不定期發表於中國時報《人間》副刊。明確的主題、取之不盡的題材，待篇幅夠了結集出書，卻不知怎麼擱淺了。一擱擱置了這許多年，藝術恆久、文物依然，景觀空間卻有了不少變遷。感謝印刻，爲我出版了這本小冊子，讓擱淺的小舟得以揚帆啓航，但願一帆風順。

二〇〇七歲末

文學叢書 186

孤獨，凌駕於一切

作　　者　艾雯
總 編 輯　初安民
責任編輯　施淑清
美術編輯　張薰芳
校　　對　林其煬　朱恬恬　施淑清

發 行 人　張書銘
出　　版　INK印刻文學生活雜誌出版有限公司
台北縣中和市中正路800號13樓之3
電話：02-22281626
傳真：02-22281598
e-mail : ink.book@msa.hinet.net
網　　址　舒讀網http : //www.sudu.cc

法律顧問　漢廷法律事務所
劉大正律師
總 代 理　展智文化事業股份有限公司
電話：02-22533362・22535856
傳真：02-22518350
郵政劃撥　19000691 成陽出版股份有限公司
印　　刷　海王印刷事業股份有限公司

出版日期　2008年 4 月　初版
ISBN　978-986-6873-74-4

定價　220元

國家圖書館出版品預行編目資料

孤獨，凌駕於一切／艾雯著；
--初版，--臺北縣中和市：INK印刻，
2008.04　面；　公分（文學叢書；186）
ISBN 978-986-6873-74-4（平裝）

855　　97004156

K INK INK INK INK INK IN
INK INK INK INK INK INK
K INK INK INK INK INK IN
INK INK INK INK INK INK
K INK INK INK INK INK IN
INK INK INK INK INK INK
K INK INK INK INK INK IN
INK INK INK INK INK INK
K INK INK INK INK INK IN
INK INK INK INK INK INK
K INK INK INK INK INK IN
INK INK INK INK INK INK
K INK INK INK INK INK IN
INK INK INK INK INK INK
K INK INK INK INK INK IN
INK INK INK INK INK INK
K INK INK INK INK INK IN
INK INK INK INK INK INK
K INK INK INK INK INK IN
INK INK INK INK INK INK
K INK INK INK INK INK IN
INK INK INK INK INK INK
K INK INK INK INK INK IN
INK INK INK INK INK INK

INK INK INK INK INK INK
INK INK INK INK INK
INK INK INK INK INK INK
INK INK INK INK INK
INK INK INK INK INK INK
INK INK INK INK INK
INK INK INK INK INK INK
INK INK INK INK INK
INK INK INK INK INK INK
INK INK INK INK INK
INK INK INK INK INK INK
INK INK INK INK INK
INK INK INK INK INK INK
INK INK INK INK INK
INK INK INK INK INK INK
INK INK INK INK INK
INK INK INK INK INK INK
INK INK INK INK INK
INK INK INK INK INK INK
INK INK INK INK INK
INK INK INK INK INK INK
INK INK INK INK INK
INK INK INK INK INK INK
INK INK INK INK INK

K INK INK INK INK INK IN
INK INK INK INK INK INK
K INK INK INK INK INK IN
INK INK INK INK INK INK
K INK INK INK INK INK IN
INK INK INK INK INK INK
K INK INK INK INK INK IN
INK INK INK INK INK INK
K INK INK INK INK INK IN
INK INK INK INK INK INK
K INK INK INK INK INK IN
INK INK INK INK INK INK
K INK INK INK INK INK IN
INK INK INK INK INK INK
K INK INK INK INK INK IN
INK INK INK INK INK INK
K INK INK INK INK INK IN
INK INK INK INK INK INK
K INK INK INK INK INK IN
INK INK INK INK INK INK
K INK INK INK INK INK IN
INK INK INK INK INK INK
K INK INK INK INK INK IN
INK INK INK INK INK INK